好莱坞
编剧指南

[美] 维姬·彼得森
（Vicki Peterson）
芭芭拉·尼克罗西   著
（Barbara Nicolosi）

夕文 译

世界图书出版公司
北京·广州·上海·西安

图书在版编目（CIP）数据

好莱坞编剧指南 /（美）维姬·彼得森（Vicki Peterson），（美）芭芭拉·尼克罗西（Barbara Nicolosi）著；夕文译 . —北京：世界图书出版有限公司北京分公司，2020.4

书名原文：Notes to Screenwriters: Advancing Your Story, Screenplay, and Career With Whatever Hollywood Throws at You

ISBN 978-7-5192-6306-5

Ⅰ . ①好… Ⅱ . ①维… ②芭… ③夕… Ⅲ . ①电影编剧 Ⅳ . ① I053.5

中国版本图书馆 CIP 数据核字（2019）第 105075 号

书　　名	好莱坞编剧指南 HAOLAIWU BIANJU ZHINAN
著　　者	［美］维姬·彼得森　　［美］芭芭拉·尼克罗西
译　　者	夕　文
策划编辑	陈俞蒨
责任编辑	陈俞蒨
装帧设计	黑白熊
出版发行	世界图书出版有限公司北京分公司
地　　址	北京市东城区朝内大街 137 号
邮　　编	100010
电　　话	010-64038355（发行）　64033507（总编室）
网　　址	http://www.wpcbj.com.cn
邮　　箱	wpcbjst@vip.163.com
销　　售	新华书店
印　　刷	三河市国英印务有限公司
开　　本	880mm × 1230mm　1/32
印　　张	9.25
字　　数	213 千字
版　　次	2020 年 4 月第 1 版
印　　次	2020 年 4 月第 1 次印刷
版权登记	01-2015-5573
国际书号	ISBN 978-7-5192-6306-5
定　　价	49.00 元

推荐语

……将费力不讨好的重写工作转变成一次发现的过程和具有启示意义的经历。本书不仅告诉你剧本中存在的各种问题，还告诉你如何才能搞清楚问题的真正所在。

——查尔斯·斯洛克姆（Charles Slocum），美国西部编剧协会执行董事助理

本书被列为影视编剧专业的必读书目……强烈推荐给那些专业人士。如果谈判桌两边的人都拥有这本书，这个世界必将变得更加美好。

——德娜·希格利（Dena Higley），艾美奖首席编剧

我超爱这本书！它用直白简洁的语言解释了各种事情，我可是在好莱坞花了十五年的时间才学到的。本书告诉编剧，究竟该从批注里面希求什么，以及应该怎样回应它们——这能让编剧避免无数的痛苦。

——凯伦·霍尔（Karen Hall），编剧、制片人

好莱坞的淘汰之路是由那些从未搞清楚该怎样听取、解读和贯彻执行批注内容的编剧组成的。两位作者为年轻的写手们提供了各种方法解决这个极其重要却总是被人忽略的问题。

——斯科特·泰姆斯（Scott Teems），编剧

本书犹如一份礼物……为常常敌对的双方建起一架长久所需的桥梁——被误解的编剧对同样被误解的主管、制片人、经纪人、出版商……帮助编剧打造出最佳作品，阐释创作过程中出现的困惑、僵局和沮丧感。

——博贝特·巴斯特（Bobette Buster），皮克斯动画工作室、二十世纪福克斯电影公司故事顾问、南加利福尼亚大学电影艺术学院兼职教授

本书专为电影编剧而著，为读者提供了许多业内人士的建议，直接而实用，并且告诉读者怎样才能创作出好的剧本，以及如何在这个艰辛而疯狂的行业里生存、成长……完美地指导了那些想要开启并维持成功的编剧生涯的编剧该如何用策略越过这片浑浊的水域。

——巴兹·麦克劳克林（Buzz McLaughlin），《编剧过程》的作者，新罕布什尔艺术学院舞台与电影编剧专业MFA教学主管

读完这本书后，你不想创作或不想修改自己心爱的剧本的最后那些理由统统站不住脚了……这是一本讲述如何写出好剧本的

书，并没有只讲我们该如何在这个行业里生存下来的问题。我会把这本书放在键盘边上。

——克莱尔·塞拉（Clare Sera），编剧

二十年前我开始干这行的时候怎么没有这类书呢？对于那些阅读该书并从中学习的人而言，这将免除他们的痛苦和焦虑，并节省时间……对编剧以及同编剧共事的人来说，本书犹如一份礼物。单就那些职业编剧必须遵守的规则而言，这本书值这个价。

——琼·康西丁·约翰逊（John Considine Johnson），编剧、制片人

我见过的每一个职业编剧都会在书架上放几本已经被翻烂的、关于剧本创作基本原理的书。对他们而言，这些书比黄金还珍贵。《好莱坞编剧指南》将在好莱坞的各大编剧办公室里占据这样的位置。此乃"即食"的经典之作。你想着手创作的话，应该将本书列入你的收藏书目之中。

——布莱恩·伯德（Brian Bird），编剧、制片人

不管是有抱负的编剧还是在职编剧都应该阅读此书……本书用智慧和风趣的语言写成，精彩绝伦。书里的文章汇集了什么是可行、什么是不可行的例子，呈现出洞察力和幽默感。所有的编剧课程都该将本书列入必读的书目之中。

——帕特里夏·F. 弗伦（Patrica F. Phalen），博士，乔治·华盛顿大学媒体与公共事务学院副教授

作为项目研发主管，我最受用的批注恰巧是编剧觉得最受挫的那一类——"你写的角色或故事让人提不起兴趣"。维姬和芭芭拉介绍的必要对策不仅为此类问题找到了答案，也为其他各种问题找到了解决的方法……他们深挖了故事的构成及其成功的元素。

——约翰·柏德（John Burd），马尔维斯塔娱乐公司制作与发展部经理

本书颇具创新性，独一无二……将"不够犀利"和"嘶嘶的声音在哪里？"这样隐晦的句子转化为可实施的想法……此乃令人兴奋的起始点，能检查出你剧本中有什么东西是行之有效的。同时这也是一种判断的方法，能判断出剧本读评人和买家到底是被作品的哪个地方吸引的。

——罗恩·费尔南德斯（Ron Fernandez），圣玛丽山大学电影电视专业MFA教学主管

对那些自以为什么都听过的新手来讲，本书介绍了一种全新的方法，也提供了一种新的写作视角，这一视角让我们明白该如何听取反馈意见并写出更好的剧本。这是一本必读之书。

——史蒂夫·麦克维蒂（Steve McEveety），制片人

本书包含了各种精心设计的练习，有助于人物、剧情、主题和剧本的整体创作。我正在写剧本，为了克服人物创作中的困

难，我真的会参考此书。

——查德·哥维奇（Chad Gervich），编剧、制片人

本书是一本很棒的入门读物，有助于缓解编剧在自我意识和写作技巧上受到的潜在打击。本书不仅讲述了编写剧本的基本原理，还给新手和老手介绍了对创作过程有帮助的内容。

——马修·特里（Matthew Terry），编剧、电影制作人、教师

本书带走了编剧听取意见时的恐惧心理，还介绍了颇具建设性、适用于任何剧本的实用方法，同时让编剧有机会解决剧本中出现的大多数问题。本书是编剧的工具箱里面最有用的工具之一。

——斯特凡·布利茨（Stefan Blitz），首席剪辑师

电影剧作和一般写作指南里面有的东西这本书里都有。就如何将你的剧本与观众进行联结、让观影经验更具说服力这两点而言，本书令人大开眼界。

——戴夫·沃森（Dave Watson），《电影也重要》（*Movies Matter*）的编辑

叙事者是从事高尚职业的人，他们只要努力就能变得更好。两位作者汲取了自身丰富的从业经验，向读者介绍了该如何利用反馈意见将故事塑造成最佳形态的可靠策略。各种层次的编剧都

能从中受益颇多。

——汤姆·法尔（Tom Farr），编剧

本书提供了丰富的信息。所有编剧都能学会如何写出更好、更具说服力的故事。只要你脸皮厚到能面对现实，接受自己剧本里写的东西，那就读一读这本书吧。

——小弗里斯·戴（Forris Day Jr.），编剧、影评人及Script-Mag.com网站创始人

献给德里·查特曼（Dell Chatman）

1951—2006

"一部剧本乃一件艺术作品。"

致 谢

维姬：

我的丈夫蒂姆（Tim），不仅是我一生的挚爱，还是我最大的支持者、极佳的鼓励者，有了他我才能做自己喜爱的工作。亲爱的，谢谢你，由于你操持了凡间各种实实在在的事情，我才能从事这份需要想象力的工作。赞纳（Zanna）、露西（Lucy）、蒂莫西（Timothy），我三个可爱的孩子，你们永远是我最了不起的"作品"，对此我骄傲至极。你们激励着我，让我好好地享受每一天。感谢我的家人和朋友们，我在交稿日期来临时常玩"人间蒸发"的游戏，感谢你们对我的忍耐，是你们的祝福令我不断前行。在这里我还要特别感谢第一幕电影公司（Act One）的巴兹·麦克劳克林教授，谢谢您的乐观态度和对艺术家的支持。

芭芭拉：

我有今天的成就全都是因为家人对我的爱、支持与教育。感谢我的父母坚持让我和妹妹艾莉森（Alison）博览群书，在对待媒体时促使我们时刻保持警惕，让我们发现艺

术中的真善美。感谢我的妹妹一直以来对我的信任。感谢
瓦莱丽（Valerie），你堪称一个完美主义者。感谢辛西娅
（Cynthia）对我的处女作提出了批评和意见——"你还能做
得更好"。我也要感谢我亲爱的丈夫诺里斯（Norris），谢谢
你的信任与支持，由于写书的缘故，很多时候我都没能准备
晚餐，可你总是微笑着面对这样的事情。作为一个爱思考的
人，我的哲学教授约翰·巴杰博士（Dr. John Barger）对我
的影响最大，他说哲学是"值得活下去的人生"必要的组成
部分，这种难以从脑海中抹去的信念由此生根发芽。我对电
影艺术的热爱直接受到了西北大学的剧作教授德里·查特曼
的影响。她虽已故，我却深深地怀念着她。德里，人们在天
堂还看书吗？如果看的话，我希望你能因此而高兴。最后，
我要感谢阿兹塞太平洋大学的大卫·威克斯博士（Dr. David
Weeks），您不仅能理解我，还能明白我想写的有关亚里士
多德的内容。

我们共同想感谢的人：

首先，我们想感谢诸多好莱坞的朋友和导师们，你们慷
慨地提出了自己的见解和建议，毫不吝惜地鼓励着我们。
他们是：罗恩·奥斯汀（Ron Austin）、大卫·麦克法泽恩
（David McFadzean）、凯伦·科维尔（Karen Covell）、吉
姆·科维尔（Jim Covell）、克里斯·莱利（Chris Riley）、
查克·斯洛克姆（Chuck Solocum）、迪克·莱尔斯（Dick

Lyles）、克莱尔·塞拉（Clare Sera）、威利·雷蒙德神父（Father Willy Raymond）、唐·沃茨尼基神父（Father Don Woznicki）、凯伦·霍尔（Karen Hall）、南希·米勒（Nancy Miller）、查克·康泽尔曼（Chuck Konzelman）、加里·所罗门（Cary Soloman）、博贝特·巴斯特（Bobette Buster）、斯科特·泰姆斯（Scott Teems）、T. J. 泰姆斯（T. J. Teems），以及所有第一幕电影公司的朋友和同事。感谢我们黯然怀念的重要合作伙伴大卫·沙尔（David Schall）、杰克·吉尔伯特（Jack Gilbert）和艾娃·梅门（Ava Memmen）。感谢奇普·麦格雷戈以及麦格雷戈文学经纪公司的每一个人。

其次，在本书中，我们还引用了一些编剧的作品，在此我们向他们表示特别的感谢：罗伯特·博尔特（Robert Bolt）、雷蒙德·钱德勒（Raymond Chandler）、弗朗西斯·福特·科波拉（Francis Ford Coppola）、迈克尔·克莱顿（Michael Crichton）、卡梅伦·克罗（Cameron Crowe）、诺拉·艾芙隆（Nora Ephron）、朱利叶斯·J. 爱泼斯坦（Julius J. Epstein）、菲利普·G. 爱泼斯坦（Philip G. Epstein）、布莱恩·海尔格兰德（Brian Helgeland）、西德尼·霍华德（Sidney Howard）、霍华德·科克（Howard Koch）、大卫·凯普（David Koepp）、大卫·马梅（David Mamet）、埃德蒙·H. 诺斯（Edmund H. North）、艾伦·索金（Aaron Sorkin）、唐纳德·奥格

登·斯图尔特〔Donald Ogden Stewart〕、杰布·斯图尔特〔Jeb Stuart〕、大卫·杜西〔David Twohy〕和比利·怀尔德〔Billy Wilder〕。

　　最后，本书的完成应该归功于过去二十年来同我们共事的学生和编剧们。每一位给我们提出过宝贵意见的人，感谢你们，是你们让我们的剧本变得更加优秀。对于每一位给我们提出过批评的人，也感谢你们，是你们让我们蜕变成更为优秀的编剧。所有与我们分享过自己作品的学生和编剧，你们在分享的同时，也和我们一起努力揭开故事的秘密，对此我们深表感谢。此书是献给你们的一份礼物。

使用指南

如果你是一名编剧，但从未写过一部剧本：

请跳到第三章，并一直读到第十六章。这些章节不仅囊括了剧本创作的所有重要元素，还包含了与行业标准格式有关的基本技术信息。每写一个部分，你就用本书中的对应章节和附带的练习指导自己——从故事、情节到人物、场景、结构、对话以及电影的质感。当你真正着手创作时，请参照本书以确保你写的东西跟真正的剧本相差不远。在完成初稿后，请阅读本书的第三部分，看看接下来你该做些什么。

如果你是一名已经写过一部或一部以上剧本的编剧，但你的剧本别人从没看过或给过什么意见：

先从第三部分开始，阅读讲述影视行业的相关章节。在修改剧本之前再读一遍本书第一部分的内容。

如果你是一名正在听取大学教授、编剧团体、制片人或故事顾问的反馈意见的编剧：

这本书简直就是为你准备的。首先，你需要花几分钟的时间思考一下，不要一开始就研究该如何把剧本收到的所有批注罗列成表格。其次，你需要把批注放到各种条目下，比如"有关编剧本身的批注""有关剧本故事的批注""有关技巧风格的批注"。你需要从本书的第一部分读起，并完成所有章节的练习。当你在某个章节的标题中发现了自己罗列的某个批注时，你就知道该从哪里开始修改了。阅读对应的章节并比对你的剧本进行修改工作。

如果你是一名制片人、项目研发主管、教育者或投资人：

从本书的第一部分，也就是给编剧提供相关批注经验的章节开始阅读。试着将自己想象成坐在桌子另一边的编剧，然后通读本书的其余部分，特别关注那些标题跟你常给的批注相似的章节。也许是时候寻找一个新的方法来探讨这些老问题了。

如果你是出于对视觉叙事的喜爱与欣赏而真切地想从中学到一些东西的人：

你应该重点阅读本书的核心部分，即从第三章到第十二章。从某种程度上讲，我们为你剖析了很多精彩的故事和电影，以期能给你的观影方式注入生机。我们保证，在某一刻，你会发现自己突然成了一名真正的观影高手！

序 一

　　在与成百上千的编剧、导演和制片人合作之后，有一件事情显而易见，那就是创作上的激情犹如一堆燃料，驱动着人们展现出自己最好的一面。还有件事也是显而易见的，那就是一部作品的成功不能仅靠激情的迸发。激情很重要，却并非事情的全部意义。某个编剧、导演或制片人如果不清楚该如何有效地听取反馈意见，抑或没有牢固地掌握戏剧的形式，其结果基本上就是一场灾难。

　　许多年前，我的一位朋友正在拍一部电影，在拍摄期间该片的导演与制片方之间产生了矛盾。制片方的高层托我的朋友告诉导演，他剪辑的版本结构拙劣，对主流观众而言不够有趣。

　　你猜这位导演回复了什么？他告诉制片方，他不会依据建议做出任何改变。为什么？因为这部片子不是为主流观众拍的，这是一部"为聪明人拍摄的喜剧片"。你可以想象制片方的高层有多么气愤。

　　充满愤怒语气的电话满天飞。制片方聘请了律师并威胁说要起诉导演。演员们则开始公开地谈起制片方是如何"窃取"这部电影的。情况一片混乱。最终经过数周的争吵后，制片方投降并放弃。接着，影片完成拍摄，准备试映。

对于那些不太熟悉试映环节的读者，我在这里要做一个简要的介绍：制片方一般至少召集三百名观众来观看电影。之后，每一位参与者将填写一份问卷，对电影评分。最高分是一百，零分则代表影片拍摄得一塌糊涂。大多数电影的得分都在六十分到八十分之间。热门电影的分数可高达九十分及以上。

制片方组织了这次试映会，让导演挑选影院。他挑了一家位于富人区的影院，一个"聪明人居住"的区域（碰巧这也是他的地盘）。

放映结束后，组织本次试映的一名公司主管向导演汇报了结果。这名主管大为吃惊，因为他从事电影试映工作已有二十五年的光景了，对本场电影的评分是他见过的评分最低的一次！你或许认为这可能会挫伤这名导演的自信——至少有一点点。可他的回答是什么呢？"我觉得影评人会喜欢这部电影的。"

最终结果表明这位导演犯了大错。影片的预算为一千七百万美元（当时属于中等预算），票房收入仅有二十四万五千美元。制片方赔得一塌糊涂。

影片才上映几天就下线了。我猜聪明的观众还不够多。那么，影评人有何反应呢？在"烂番茄"网站上，电影的"新鲜度"为百分之十七。当然，这就意味着剩下的百分之八十三的影评人也不属于聪明人的范畴。

　　这个故事至少告诉了我们两个教训。第一，导演收到了负面的反馈意见，而且这些意见来自诸多懂行的人，这或多或少值得导演好好思考一下，但他充耳不闻。你应该知道这句箴言：假如你参加一场聚会，有人告诉你你喝醉了，你可能会忽视他。可是假如十个人跟你讲你喝醉了，你也许该理会一下。这名导演的确喝醉了，喝多了"激情创作"的酒水。第二，影片中有一些非常明显的结构性问题，制片人也已经指出过好几次。导演拒绝处理这些问题的借口是什么？他在开辟一片新天地。他援引毕加索的话告诉制片人："像专业人士那样学习规则，你就可以像艺术家一样打破它。"聪明人都爱引经据典。制片人则回答说："两千多年过去了，亚里士多德的《诗学》（*Poetics*）仍然被视为基础内容出现在已出版的每一本有关剧本创作的书籍之中，这是有原因的。"不过，由于制片人说了这句话而被踢出了剪辑组。

　　我希望我可以说你的故事是独创之作，可事实并非如此。如果与业内人士交谈，你便会听到许多相似的故事，重复到令人反胃。我无数次听到某个编剧或导演滔滔不绝地引述毕加索的名言，到头来却发现他们根本不知道自己到底打破了哪一条规则。

　　在这一点上，维姬和芭芭拉的著作《好莱坞编剧指南》则显示出它作为工具书所具有的重要性。本书犹如一堂短期编剧课程，令人愉快，富有洞察力。它是一本轻松的读物，里面的内容具有思想深度，令人兴奋。《好莱坞编剧指南》适合所有的编剧，不管你写过多少剧本，也不管你是否有创作经验。你可以把它当作一次进修课程，也可以把它视作一门入门课程。

阅读《好莱坞编剧指南》令我想起了许多曾经熟知但多年过后早已忘却的东西，而且我还学到了一些之前从未想过的有趣的东西。对所有编剧而言，这将是一本受大家欢迎、让大家眼前一亮的著作。

大卫·麦克法泽恩

行政制片人

序二：一本由批注组成的书

与其他人相比，写作对作家而言其实更困难。

——托马斯·曼（Thomas Mann）

当一件艺术作品呈现出优良的品质时，一部分原因是它的独特性。正是艺术作品的部分优良品质让人们感受到了蕴含在其中的创意性、明快之点与不同之处。这一点在叙事中体现得尤为准确。如果一个故事令人感觉新奇和与众不同，这就标志着它是一个好故事。

故事的失败也趋于相同的原因，而这些原因给它们打上了新手的烙印，呈现出陈腐和非原创的特性。但是，将视觉故事带到"全新"的狂喜状态下对编剧而言是一种痛苦。任务可不简单：让故事变得新鲜的唯一可靠方式是运用数千年来一成不变的经典叙事技巧。只有在技巧上往后看，编剧才能将自己的故事向前推，这是因为故事必须谨遵一定的特质和形式，否则被创作之物不能被称为故事。编剧面临的挑战则在于用既有的形式来创造新的东西。

"批注"①是好莱坞使用的术语，用来处理剧本或构思中存在的问题。读过你剧本的人都会给你写批注，大家给你写的各种批注甚至有其特定的名称。我们将剧本中存在的一般性问题称为"总体性批注"，将对话和描述时出现的词语使用问题称为"台词批注"，将剧本风格涉及的技术性问题称为"格式批注"。另外还有"故事批注""人物批注""结构批注""行业问题批注"等。总之，无数的圈内人士有成千上万种办法挑你剧本里出现的毛病。

可悲的是，大家给的许多批注其实并没有什么用处。除了故事本身平庸之外，批注之所以无用，是因为批注本身已经沦为陈词滥调。人们秉持的正直品行会阻止此类事情的发生，可是把相同的批注用到一部又一部的剧本中也不是不可能的事情，因为想在剧本里发现新问题的概率非常低。

批注没有用的另一个原因则是，写批注的人常常跟编剧一样，不知道剧本真正的问题所在。即便他们的直觉无误，却不能用专业的叙事词汇指出作品的缺陷，也做不到在不破坏有效元素的前提下对作品进行修改。

提批注的人不断地给那些真诚努力或时运不佳的编剧写一些毫无用处的批注。这样的例子不计其数："我不在乎你写的人物""剧本提不起我的阅读兴趣，太拖沓了""我不懂为什么你要讲这样的故事""剧情太复杂了""剧情过于

---

① "note"的翻译在书中有两种："批注"和"意见"（或建议）。这些翻译在书中会出现交替使用的情况。（本书脚注均为译者注）

简单"'剧本需要吸引人的东西"。

《好莱坞编剧指南》是我们两人努力的集合——一如既往地带给编剧和制片人更好的、更有用的批注。我们试图把这些老套的批注研究个水落石出，并探究为何我们不在乎、为何剧本很拖沓，以及为何故事不连贯的原因。如果你的剧本被某家制片公司通过了，很有可能是因为你用到了我们在书中为你搜罗的一个或多个"小宝藏"。

本书的第二部分则剖析了剧本的格式规定。格式问题主要出现在"台词批注"这部分，因为剧本是一种技术性文件，格式的错误会干扰它的整体组织方式。假如剧本不使用特定的技术性手法，那么它将驻足不前。因此，你应该全力以赴，好好梳理剧本的格式。

本书的第三部分呈献给读者的是我们听到的和分享过的各种极佳的贴士，它们告诉读者，作为一名职业编剧，在影视行业里你该怎样做才能坐拥成功的人生。可悲的是，由于编剧缺乏寻找合作人并与之共事的能力，许多优秀的项目最终都不了了之。人们到头来宁愿用烂剧本也不愿同非专业编剧合作。一个糟糕的项目尚可弥补，可聘请一名对行业情况一无所知的编剧乃一份费力不讨好的工作。

本书不属于某种完整的剧本写作指南。它并不打算分析具体的人物的类型，也不打算在各种关于好坏的技艺之中建立一套基本标准。本书假定读者已经在故事创作领域受过相关训练，尤其是在电影叙事方面。

本书建立在我们为客户提供的详尽指导的建议之上，有一些内容需要你领会故事的意义与目的呈现的深刻内涵。书中有一些内容囊括了各种要点以及一长串需要考量的东西。

当你坐在项目研发主管的位置上时，你需要确定以下三件事情——你为何无法胜任这份工作？你的故事创意为何不奏效？你写的剧本为何行不通？我们的意图就是解读标准化的行业批注隐藏在它们背后的原因。为什么你不在乎我创作的人物？是什么让我的对话显得平淡无趣？为何我的剧本感觉像在"曲折中前行"？怎样寻找某个切入点？为何大家都不喜欢与我共事？我们将尽力把项目研发主管可能会批注的东西给你讲清楚。我们提供给编剧的是怎样处理这些批注的意见，以期彰显深刻的见解。

目　录

第一部分
总体性批注

第一章
关于听取修改意见的批注

批注（编剧的内心戏）：

- "所以，说到底，他们究竟感不感兴趣？"
- "难道他们没看出来我在剧本中铺设了如此厉害的隐喻吗？"
- "不敢相信他们竟然没读懂主题。"
- "她为什么总是重复同样的话？真搞不懂！"
- "他们到底看没看我的剧本？"
- "他们觉得我是廉价的雇佣文人，我就知道他们会这样想。"

批注（制片人的内心戏）：

- "为什么她会那么不高兴？这真是太尴尬了。"
- "他似乎根本没有在听我说话。"
- "我为什么要来这儿受这种罪？"
- "我不想听你解释你为什么要这么写，我只需要你接受一点——你写的东西行不通。"
- "我不管修改如何困难，那是你的工作。"

对编剧而言，收取批注是一次充满焦虑、可怕、沮丧的经历。你花费了几年完成剧本，用了数月才把你的想法凝聚成文，为了每一个转场和场景标题而痛苦挣扎。主题对你来讲意义非凡，通常与你个人的奋斗和失败有关。你笔下的每一个人物都是你灵魂中的小碎片（或大碎片）。而现在你把自己孕育和分娩的"孩子"交给一群跟你相比只付出了自己几分之一的时间、努力和汗水的人，然后你期待着这个"孩子"能被欣赏、被喜爱。然而，事与愿违。你最珍贵的剧本正摆在神坛上，等着被献祭给神明。

在做剧本咨询时，我们总会注意到编剧冒汗的手掌和颤抖的声音，或者编剧表现出了虚张声势——通常掩盖了他们的伤痛与不安。因此，通常我们在提建议时，会用五到十分钟的时间让编剧先冷静下来，这样他们才能听进去我们的话。如果可能的话，这还会建立起他们对我们的信任。

这些我们都能理解。我们也是编剧，也曾坐在办公桌的另一边，听着一些令人沮丧、伤人自尊、毫无用处的批注意见。大家想听吗？

芭芭拉：有一次某位制片人跟我说，她不明白剧本中的一句台词。我咳嗽了几声，表示那是个笑话，结果她带着令人恶心的嗓音说："好吧，这一点儿都不好笑。删掉这句话。而且你知道吗，你并不是一个有趣的人。你为什么不重新读一下剧本，把所有你认为好笑的部分都删去，节约些我的时间呢？"

维姬：我碰见过一个制片人，头一周跟我说她十分喜欢我的剧本，觉得作品毫无瑕疵。然后过了一周，她又说这个剧本太烂了，根本不行。我根本没改过一个字。在接下来的几周里，各种打击性质的批注让我备受煎熬！

芭芭拉：有一次，我的剧本被一对制片人夫妻选中。他们喜欢分开读我的剧本，再各自提出意见。女制片人先读，并给了十七条批注。为了显示自己很好相处，我按照她的要求修改了。接着，她的老公读了剧本，给出了二十条批注，而其中的十四条是要我推翻根据他老婆的意见修改的部分！我该怎么办？

维姬：我还遇到过一位嫉妒心很重的搭档。她想踢走我，于是去跟制片人讲我是冒牌编剧，无法跟我合作。尽管制片人说她只是在虚张声势，但跟她坐在同一个房间里写剧本的日子真是太难熬了。不出所料，项目最终不了了之。

这样的事情我们可以一直说下去。我们一起遇到过仅瞟了一眼实习生给的审阅报告后就进屋告诉我们故事有什么问题的制片人（他们根本没有完整看过剧本）。我们也见过对自认为重要的细节吹毛求疵，却对故事大方向不管不顾的投资者。我们还去过各类批注意见讨论会，向潜在的投资方解释什么是故事的转折点。

这些我们都能理解。但是，我们也做过制片人，也坐在桌子的另一边提过意见。

我们努力想让编剧做出连方圆一百里以内的人都知道应该做出的改动，然而他们只是耸耸肩说："我不这样想。"有的编剧会用带有戒备性的语气嘲笑说："我的故事没有结局。"有的编剧对亚里士多德嗤之以鼻，说他并没有人们想的那样聪明。还有的编剧坚持声称，在某个问题上他试遍了所有可能的方法，但都无效，所以我们应该接受现实。我们见过泪洒现场、情绪崩溃的编剧，也见过批注会议后绝望至极，约了医生进行心理辅导的编剧。之所以会出现这样的情况，是因为编剧不懂得如何倾听意见。

送给编剧们一句话：放轻松。

收到这些批注意见并非那么可怕的事情。实际上，即使剧本通不过，这个过程本身也可以是激动人心的，它能让你确定一些事情。毕竟，进入批注阶段意味着终于有人阅读你的剧本了。有人想听听你经过数月或数年的时间独立创作出的故事。当然，你有可能会遇上少有发生的事情：有些剧本读评人或制片人十分赏识你的作品，想与你结识。

当编剧正确地解读别人所给的意见时，解读的经历会让编剧摆脱束缚。编剧握有巨大的权力，是故事的创造者，只有编剧才能让作品臻于完美。不夸张地说，你才是故事的"主人公"，你必须要意识到这一点。

为何编剧会心生畏惧？原因在于即使是行业内最出名、员工薪资不菲的公司也到处给出含义模糊、令人困惑的剧本批注。许多在影视公司担任初级研发主管或做剧本把关工作的人是从法学院或商学院毕业的，他们对如何分析剧本手足无措。许多买家只会一成不变地说"不"，根本无心向你解释为何他们会拒绝你的剧本，因此跟这样的人打交道会吃各种莫名其妙、蛮横无理的闭门羹。还有许多人在给意见时别有用心，往往会粉饰自己的语言，使得编剧完全不能理解。比如下面这个例子："我们希望这部戏能让我们的朋友，某个五十八岁的女演员出演，因此所有女主角玩滑板的戏份都得删掉。"还有一点，欣然接受批评并非易事，即使是心态相当成熟的人听到别人告诉自己你笔下的人物很无趣、主题有些老套、意象行不通的时候也会很受伤。

要求编剧们坦然接受批注过程中的挫败与痛苦实在太过分了，但我们有一条黄金定律，每一个身处故事创作领域中的人都应该听一听：事事皆有可学之处。

批注阶段能带给你耳目一新的感觉，由于这个过程十分必要，职业编剧必须学会如何应对并从中受益。好消息是，不管这些批注的结构有多混乱，那些阅剧本无数的人所写的批注还是有一定道理的。解读批注意见，对剧本进行有效的修改，这是编剧的职责。编剧应该下定决心，把听取批注意见当作自己职业生涯中的重要一环，这样才不会轻易地受情绪上和心理上的折磨。

以下建议可以让你在这个阶段的体验达到极致：

● **抓住重点**。剧本批注会议的主角不是你，而是项目本身。别浪费读评人的时间听你解释剧本或为其找借口。别总期待着被人赞美和肯定。别抱着来交朋友的心态参加会议。这场会议的重点是解决剧本中存在的问题。

● **别往心里去**。即使他们有意针对你，你也要看开一些。不要纠结于写批注的人想伤害你、想让你放弃或毁掉你的剧本这样的可能之因。回应剧本或故事存在的问题时，请千万不要评论写批注的人。写批注的人可能不够专业，但你不应该让自己丢掉尊严。

● **你需要搞懂写批注的人说的话**。每个人谈论电影和故事的方式是不同的。对于什么样的因素能成就一部好片子，每个人都有不同的标准。就此原因来看，听取不同的人的意见是非常有益的：每个人都能就各自眼中电影最重要的方面给你提出反馈意见，最终，这些大大小小的意见都将彰显其重要性。如果写批注的人说"这场戏还不错"，那编剧就应该搞清楚他们言语背后的含义以及这场戏究竟好在哪里。当他们说"还不错"时，是指这场戏在情感上能给予观众满足感吗？其中是否有巧妙惊奇的剧情高潮抑或逆转？还是指某个心灵启示的瞬间，抑或你在艺术创作上的娴熟程度"还不错"？编剧需要进入写批注的人的心理与思维模式之中。编剧不要想着给这些人上什么专业术语课，你需要破译他们所说的话。

● **保持积极的心态**。即使你非常惶恐，你也要看到好的一面。虽然许多批注会议着重解决故事中存在的问题，但你也要看到故事的优点。写批注的人如果没有讲到你的剧本有哪一点让他们觉得不错，你需要赶紧问他们。

● **坚信"烂"批注不会存在**。所有的批注意见都是一次提升自我的机会。作为编剧，拥有让自我成长与提升的意愿会使你有别于他人。从长远来说，这也将使你功成名就。因此，你不妨将每一次机会都视为一份他人的赠礼。

● **如果你确实收到了一条糟糕的批注**，你需要若有所思地点点头，拿笔记下来，想想一会儿要跟哪个朋友喝啤酒，好好地吐槽一下。千万不要以牙还牙，或者过多地为自己辩解。

● **信任写批注的人**。这有时很难做到，但如果你真心相信这个人是全心全意为你着想，尽心尽力想帮你讲好一个故事，那么你吸纳意见的效果便会得到显著提升。

● **自己的"小孩"不要太急于放弃**。有些编剧太想表现出自己和善的一面，结果对自己在创作中的选择，他们不做解释也不去捍卫。记住，关于这个剧本，写批注的人可能只读过一两次，而作为编剧，你对其中的字字句句已经斟酌了好几个月甚至好几年的时间。只有你最了解这个剧本。某些看法是值得为之争执的，或者，至少你可以用平和的方式为自己辩护。

● **确定，确定，再确定**。你需要常常把这样的句子挂在嘴边："所以，按照我的理解，您是说……"即使你认为自己弄明白了某条批注，你也应该用自己的话把它复述一遍。误解会让你白白浪费许多时间进行不当的修改。

● **多问问题**。编剧很容易为自己辩护，这会让编剧与写批注之人的对话濒临停滞。假如你发现自己出现了这种倾向，试着多问些问题。这会帮你把精力导向更为有效的解决方法之上。

● **感谢写批注的人**。这是一个惯常的举动。即使你觉得收到的批注不怎么有用，你也要尊重写批注的人。

● **犒劳一下自己**。真的，不要跳过这个步骤。批注会议结束后，奖赏一下自己，比如跟朋友去看一场电影或吃点儿冰激凌，随便什么都可以。参加会议时，如果你知道结束后还有奖励，你会发现自己的工作效率大有不同。试试这个方法，看看你参加完会议后是否能开心一些。

第二章
关于叙事者的批注

批注:

- "我觉得这个编剧不该往那个方向写。"
- "这个剧本需要由熟知因纽特文化的人来写。"
- "这个编剧不够好笑 / 戏剧化 / 古怪,不适合写这个剧本。"
- "这类主题的深度还不够。"
- "编剧的生活经验不足。"

每个编剧都有适合自己的创作题材。很多时候,我们在进行剧本和故事咨询工作时会涉及这样的问题——编剧想创作的剧本要么在自己的能力范围之外,要么根本不能表达自己的心声。一般情况下,想写剧本的人会先去买剧本软件Final Draft和几本编剧教材,然后就开始敲键盘了。有的人买点儿颜料和画布就开始画画了,跟他们相比,上述这类人显得更逊色。这就好比没有受过任何训练的人买张图画纸就开始设计摩天大楼一样。我敢肯定,没人敢乘坐这座摩天大楼的电梯。

对自己进行评估是编剧职业素养的一部分。评估的内容是看自己是否具有创作所需的各式技能、"声音"①、风格、深度，以及驾驭故事的能力。不过我们还是得面对这样一个现实：绝大多数编剧都迫切地想写一些有发展潜质的东西——任何东西都可以。你可以通过下面这些方法弄清楚自己到底该选择看与剧作相关的书籍还是接下这份工作。

一、 你的能力够吗？

通常，新手在刚接触这个行业时，脑袋里往往想着闪闪发亮的"热血作品"。他们甚至把奥斯卡获奖感言都写好了，即使他们只是在脑海里构思了几个故事片段。一般而言，编剧的第一部或第二部待售剧本不会是充分具有饱满热情的作品。大多数新手并没有足够的能力驾驭自己的"热血作品"。

这当然不是说编剧只应该写写简单的剧本。每个剧本都是编剧技巧提升的见证。剧本创作是一门错综复杂、层次丰富、高度细节化的艺术工种，每个人的初次尝试都是以失败告终的。第一次尝试失败了，不代表你不适合这个行业，这只意味着你正在进行之中。写得越多，你会越有功力。这份职业依靠的是坚持不懈。一位智者曾说过："一个人不可能事事都失败。"如果你有才能，那就坚持写故事计划书和稿子，不断扩展自己的人脉，在机会来临时好好把握，你终究会

---

① 这里的声音是一种比喻的说法，详见本章的第三部分。

看到自己的作品取得进展。

话虽如此，剧作的专业水平也分不同的层次。你得小心，不要因为傲慢自大而接了自己无法驾驭的项目。这不仅是能力的问题，为了金钱而接手自己无法胜任的工作是不诚实的表现。有时根据项目需要，你得在故事里加入更多的冲突，你却做不到。有时你得进行一定程度的调研，你却无法胜任。有时你得运用更为大胆的视听表现技巧，你却不能实现。有时，项目的类型与你的风格格格不入。

最好接手能充分发挥你才干的工作。如果被工作击垮，那你就太可怜了。因为逞能而导致剧本没有完成会令大家士气低落。失败会使人感到非常沮丧，所以你要小心，不要让自己陷入失败之中。

那么，怎么才能知道自己有没有能力接手某个特定的项目呢？这跟准备参加马拉松比赛的选手需要进行自我测验类似。他们会先尝试一英里①的公路跑，如果状态不错，再尝试山地跑。后来他们发现公路跑更适合自己，于是便把路程增加了一英里。接着，他们开始与专业选手打交道并配齐了装备。他们表现得越来越好。某一天，他们参加了五英里赛跑，成绩虽然不理想，但过程很有趣，于是他们聘请了一名职业教练。很快，他们参加了各种各样的赛事，有的赛程甚至超过了五英里。每一次他们都有进步，并且开始真正享受整个比赛。他们自己都还没有意识到，别人就告诉他们是时候参加马拉松比赛了。最终他们站在了真正的赛场之上。

剧本创作犹如一场写作生涯的马拉松。初学者需要先阅读大量的剧本，尽可能地多读，特别是那种获奖无数、经久不衰的优秀剧本。

---

① 一英里约为一点六千米。

接下来就可以开始写情节片的剧本了吗?

不行。

现在你需要阅读关于讲解剧作技法方面的书籍,它们能帮你理清剧本的逻辑结构。当然,上一些编剧课程也是很有必要的。

你所做的一切,其研究的目标是认清哪些技巧对剧作艺术来说是必要的。你要能说出来这些技巧的名称,还必须深入理解其中的本质,然后开始熟练地掌握它们。当然,有的技巧对你来说比较简单。发挥自身的优势,但切勿忽视自己薄弱的地方,特别是那些重要的技巧,你更不能忽视它们。你至少得掌握最基本的技巧,就像马拉松选手不能忽视步幅训练、呼吸技巧和肌肉训练一样。

和跑步一样,好的教练是关键。我们知道有不少电影编剧导师,他们通常讲授的内容都差不多,你要选择自己认为讲得最好的一位。你的目标是学习编剧的通用技法,如果你特别喜欢某种技巧,那就好好学,直到完全掌握它为止,再不断用从他处获取的新信息去检验它。

那么,现在可以开始写情节片的剧本了吗?

可能还是不行。请先写出几个短片剧本后咱们再聊吧。

二、你做得到吗?

作为艺术家的编剧要敢于揭露他人不敢揭露的真相。

——伊利亚·卡赞(Elia Kazan)

为新手提供咨询服务时,我们总会使用一套练习,收效非常显著。该练习源于已故的路易斯·卡特伦博士（Dr. Louis Carton）的著作《剧本写作的基本元素》（*The Elements of Playwriting*）。卡特伦博士认为，在编剧还没有形成自身的信条之前，他的作品会呈现出扁平化、廉价、缺乏原创性的特质。而且，如果没有秉持某种信条，一旦大多数人意识到还有许多更为容易的谋生方式后，他们会选择放弃曾经的编剧梦。

"信条"这个词在拉丁语中的含义是"我相信"。每个人都有自己的信条，即使他们没有诉诸文字或讲出来。我们可能从未停下来思考过自己所作所为的原因，但内心那些深层的信念会将我们投向所有的人生选择中。信条就是自身道德观排序的另一种说法，是我们区分善与恶的方式，是我们对人类该如何和谐共处的理解。

无意识的信条对编剧而言乃奢侈之物。编剧必须将自己所有的深层信念表达出来，因为编剧的观点体现了一半的剧本，而剧本的另一半在于编剧该如何将自己的信条传达给观众。我们总是建议编剧们花点时间问问自己"什么是我真正相信的东西？我知晓的东西有哪些是真实的？"，然后像下面这样把答案用一连串肯定的陈述句写出来：

- "我相信真相最终会水落石出。"
- "我相信只要生命不止，人们持有的价值观就不会泯灭，因为说到底，人是承载爱和给予爱的容器。"
- "我相信我们无法扛起所爱之人，只能帮他们扫清挡路石。"
- "我相信只有自己才会对自己的人生最感兴趣。"
- "我相信痛苦使人生变得更深刻。"

把个人信条写出来的好处是，它能帮助编剧厘清项目跟主题究竟有何关系。如果你做过这个训练，当你接到主题上与你相符的项目时，你就能很清醒地意识到这一点。如果项目与你不符，你可以试着将之挪到你能够发挥的层面上。但如果项目无法根据你的想法加以拓展，那放弃便是最好的选择。

我们曾经遇到过一位女编剧，她对女权主义和父权主义的看法非常明确。由于她无法摒弃自己的尖锐观点去写根据协议要求的浪漫轻喜剧，雇用她的制片人便请我们出面调解。我们跟她见了面，她频频答应把基调放缓，却依旧喋喋不休地批评男人向女人求婚在本质上属于一种性别歧视。表达自己的观点事关她正直人格的问题。最终，制片人只能换掉她，请别人接手这个项目。

许多人都不敢将自己以及自己的信仰作为素材向大众袒露。承担这样的风险是编剧的职责。这很难，也需要极大的勇气。有的项目需要一定程度的勇气，而一些编剧是做不到的。如果你做不到告诉观众真相以及某些人类的选择所带来的后果，那你就不适合参与某些项目。

以前有个编剧给我们看了一部她写的关于母女矛盾的剧本。剧本写得不尽如人意——母女间的冲突太流于表面了。与编剧交流时我们发现，她跟母亲之间的关系出现了严重的问题，一度达到了需要治疗的地步。她对我们说："我很害怕，不清楚这些场景会指引我去向何处。万一我的母亲看见了，我该怎么办？"显然，她无法在场景中袒露心扉——也许以后有可能，但在剧本的交稿期限内则来不及了。

写作蕴含了一个伟大的真相，那就是每一部作品都可能是恩赐的瞬间。如果按柏拉图所言，"未经审视的生活不值得去过"，那么编剧的人生应该是最有价值的体现。若故事见证了编剧的某个成长阶段，它会更讨人喜欢。弗兰纳里·奥康纳（Flannery O'Connor）在评价自己的经典短篇故事《善良的乡下人》（*Good Country People*）时说："这个故事之所以让读者感到如此震撼，是因为它让作者也同样受到了震撼。"

但是，有些项目会要求编剧从自己的"工具箱"中拿出更多的勇气和深度。成熟的人会承认这一点："这个剧本我现在写不了，也许以后我可以写。"

三、尊重自己的声音

很显然，有些剧本更适合某种特定的写作风格。从这个角度而言，编剧的风格决定了哪种类型的剧本他写起来最得心应手。你是个有趣的人吗？你有足够的幽默感创作喜剧片吗？若创作恐怖片或悬疑片，你的想法够古怪吓人吗？若创作一部情节片，剧本的深度够吗？你的想象力足够支撑你写出一部新颖的奇幻片吗？

有些时候，一个剧本确实要求编剧有特定的文化或个人经历。倘若某部电影的场景设定在一个你从未去过的国家或地区，要想创作一部这样的剧本是非常困难的。你可以试着写一写，不过如果想让剧本得到提升，你必须亲自去那些地方，观察当地人的生活细节，而这些细节会让剧本显得更巧妙、更生动。

我们曾经跟一位编剧共事过，她当时正在写一个发生在西班牙的故事，可是她从来没有去过那个国家。剧本的情节没有什么问题，可总让人觉得少了点儿什么，不够列入"值得一读"的范畴。于是她去了一趟西班牙，回来之后重新写了剧本。以前剧中的人物只是在吃东西，而现在变成了吃着鹅肝酱和带着烟熏味的黑色海鲜饭。她还在剧本中加入了巴斯克人的仇恨以及西班牙内战遗留下来的残垣断壁。由于亲身感受了这一切，剧本中的场所、人物和支线情节都变得更丰满了。

如果你是新英格兰地区的盎格鲁-撒克逊新教徒家庭的第四代，你打算写一个发生在拉丁裔家庭里的故事也并非不可能之事，但对于编剧这项充满挑战的工作来说，这无疑是一次更大的挑战。

编剧常常能听到这样一句话："写你熟知的东西。"从某种程度上讲，这意味着只要项目有需要，编剧都应该尽其所能进行各种调研。编剧需要成为一个漏斗，把从各种渠道获取的信息汇集到漏斗之中，再把一页页的作品从漏斗里倒出来。

"写你熟知的东西"的更直接的含义不仅与作品的心理或情感的深度有关，还与编剧是否拥有表达这种深度的词汇库密切相关。知道一个人的问题所在和把这个问题表达出来是两码事。把问题以戏剧化的方式呈现出来则要求编剧拥有更高的写作能力。我们建议编剧们"写你内心深处熟知的东西"，也就是说编剧必须把自己设定的清晰的见解融入人物将要面对的挣扎之中。这意味着编剧需要比笔下的人物提早经历黑暗的旅程，这样编剧才能以视觉的形式描绘黑暗旅程呈现出来的感觉及其表现方式。

我们的原则是问问你自己："有没有什么方法可以让自己驾驭这个项目？你能找到一种在自己可控的范围内讲述故事的途径吗？你有哪些生活经历可以直指人物的内心？制片人愿意让你把故事按照自己的想法写出来吗？"只要你说的东西经过了充分的准备，是有趣的、智慧的，那么制片人多半会回答："你被录用了！"

四、你的"热血作品"

许多编剧一开始会凭借灵感写一些极度个人化或充满野心的作品。为了把个人的想法付诸实践，他们需要花好几年的时间才能成为合格的编剧。我们经常碰到新手抓着自己的"热血作品"不放，在构思之中尽力挖掘故事，而当别人看不出这个项目的意旨时，他们便十分受挫。编剧最开始盲目乐观地做决定，写自己最在意的东西，到头来常常以幻灭和失望告终。实际上，许多编剧根本坚持不了多久，他们无法看到这些作品开花结果的时刻。

从某种意义上看，这类"热血作品"有其特殊性，这表明编剧有深切的个人需要——讲述某个特定的故事。此类作品通常与编剧的信条（即他们坚信的东西）有关。它们是编剧意识的集中反映。

我们相信，编剧如有强烈的愿望想写自己的"热血作品"，这绝对是没有问题的。然而，对于初次执笔的编剧来说，这样的项目可能会以失败告终，甚至连第二次尝试的时候他都不一定能写好。许多编剧，包括我们，都经过了一番艰难困苦才认识到，创作这个剧本可能意味着，为了至臻完美，你不得不一年又一年地修改下去。

如果编剧有自制力，他能够挑选一个更适合自身的故事开始创作，我们一定会举双手赞成。虽然如此，我们知道那些打算创作"热血作品"的编剧会一直进行下去。假如你发现自己深陷在某个故事中无法释怀的时候，最好的办法其实是把它锁在抽屉里，先写其他的故事，等自己的技巧更为娴熟后再来解决之前的故事。这不是放弃自己的计划，为了创作出更好的作品，你需要先成为一名合格的编剧。

五、叙事和剧本创作的关键技巧

以下均为电影叙事的必备技能。

不断打磨故事感

要想讲好故事，编剧需要向能够讲好故事的人学习，这有点儿像孩子在父母身边耳濡目染从而越来越像他们父母的过程。讲故事的天赋部分根植于编剧的基因里，好比孩子身上继承了父母的遗传基因。但若要像优秀的叙事者那样行动和思考，编剧则需要经常跟这类人待在一起。如果你有目的地与讲故事的人朝夕相处，他们对故事的感知力很有可能会在你身上生根发芽。

其实，如果你想成为一名优秀的编剧，一定要多读书，读那些流传了好几个世纪的经典故事：古希腊神话和《伊索寓言》（*Aesop's Fables*），荷马史诗和古希腊戏剧的经典之作，《一千零一夜》（*The Arabian Nights*）和《坎特伯雷故事集》（*The Canterbury Tales*），格林兄弟及莎士比亚的作品。尤其是莎士比亚，你一定要坚持读他的著作。多读英美文学经典，你要仔细研读一个或多个大师的作品，比如狄更斯、霍桑、奥斯丁、梅尔维尔和勃朗特姐妹的作品。多读读现代的经典著作，比如温塞特、福克纳、菲茨杰拉德、奥康纳、格林和海明威的作品。

另外，你还要多看电影，熟知电影史上的经典之作，比如《大都会》（*Metropolis*，1927）、《卡萨布兰卡》（*Casablanca*，1942）、《公民凯恩》（*Citizen Kane*，1941）、《码头风云》（*On the Waterfront*，1954）、《后窗》（*Rear Window*，1954）、《教父》

（*The Godfather*，1972）。获得奥斯卡奖和金球奖的最佳影片和最佳剧本的作品你也都要看，对广受好评的影片也要时刻保持关注。如果你正在写某个类型的电影剧本，你需要把这个类型里的优秀作品都看一遍。

如果你接纳这种"书与影"的陪伴，并将之视为你的朋友和导师，那么它会帮你形成一种内在的故事感，让你从骨子里就能感觉到某个情节点是否过于平稳。从某种程度上讲，你明白自己无法用语言表述出为何主人公不该做出某个选择。你也会鄙视那些肤浅或者缺乏魅力的人物。

工艺格式

作为一种有工艺格式的文档，剧本跟建筑施工图非常相似。编剧无法逃过学习如何正确无误地书写场景标题的过程，而建筑师同样也无法回避该怎样设计将插座安在客户的理想住宅里的这一问题。

简洁的描述性文风

用好语言是所有编剧必备的能力。由于剧本需要极度精炼，编剧的语言和词汇技巧会变得复杂化。一般来说，故事发生地应该用一两行包含关键性细节的文字描述清楚，同样的方式也可用于描述某个人物的外貌特征。讲述一个完整的故事只能用一百二十页甚至更少的页数，因此编剧需要用最合适的文字来设定基调并讲清楚情节。

视觉意象

在电影中，讲故事的工作主要由影像承担。声音是观众对银幕影像感受的有力补充，然而人物和故事的主要信息是通过角色的所见和所为传递给观众的。银幕剧作的关键性技巧之一就是为人物的行为寻找最合适的呈现方案——视觉化的、能激发感情的东西。这样，真正的利害关系和人物的心理才能透过它们被正确地解读出来。

人物塑造

大家都倾向于创造那种性格古怪、风姿迷人、令人钦佩的角色，这类角色身上存在着某种缺陷，过着贫穷的生活，但这些也是他们智慧和力量的来源。这类人物时刻经历着性格的转变，与此同时，他们又在与可能会摧垮自我的黑暗力量进行一场心灵的战斗。初出茅庐的编剧偏爱写的人物，要么过于悲惨，要么过于完美，要么过于黑暗，要么过于普通。掌握人物塑造的方法即意味着创造出足够真实的人物，让大众产生共鸣，但又要"比真实更美好"，让大众获得观影的快感。

戏剧结构

在明确了故事情节之后，编剧做的下一个重大决定就是该如何讲述这个故事。对剧本结构的考虑可能会耗费编剧非常多的精力，因为观众的需求是既定的，在满足观众的需求方面没有什么可变通的地方。在影片开头的几分钟之内，故事必须足够吸引他们。在观影的前半小时内，观众需要持续升级的悬念、重大的剧情逆转，以及稳定的节奏。此外，他们还需要一个情感宣泄的净化式高潮。正如亚里士多德在《诗学》中所说的那样，在观众起身上厕所之前，把所有该讲的都讲完。

结构能为故事注入引人入胜的奇观，但这有一个前提，那就是编剧需要绞尽脑汁，寻找最巧妙的方式来表现剧情。人们学习建构结构的方法就是把结构当成游戏，不断地"玩弄"它。不懂"玩弄"的编剧将无法掌握讲故事的技巧。

对经典时刻具有感知力

想想那些我们深爱且难以忘怀的影片，我们对它们的记忆总是与故事的经典时刻相连。在《泰坦尼克号》（*Titanic*，1997）中，经典时刻是男女主角站在船头的那一幕。你知不知道这个时刻？你当然知道。在《夺宝奇兵》（*Raiders of the Lost Ark*，1981）里，经典时刻是印第安纳·琼斯（Indiana Jones）射击阿拉伯武士的那一幕。你还记不记得这个场景？《教父》里的经典时刻则更多：床上发现马的头颅，老教父和他的孙子玩橘子皮，迈克尔（Michael）成为教父的洗礼场景，等等。谁会忘记这些时刻呢？

一部伟大的电影必由一系列伟大的经典时刻组成，故事则把它们串联起来。电影的经典时刻用丰富的层次描绘了剧情或人物的心理，而这些也将故事与现实中的事件区分开来。对于故事中那些值得回味的时刻，优秀的编剧需要有敏锐的感知力，知道如何营造它们，在其中停留多久，以及如何利用将观众感染的时刻把故事推到新的高度。

六、练习：寻找自己的声音

其实大量的编剧都活在写作本身所带来的恐惧之中，他们害怕创造力之井终将干涸。身为编剧兼制作人的凯伦·霍尔有二十五年的创作经验，她曾获得一系列行业奖项，作品有热门电视剧《陆军野战医院》《蓝色月光侦探社》《女法官艾米》。即便这样，她在我们的一堂课上讲道："每次我着手写一部新的剧本，我的脑袋里总会有个声音说，'你搞不定的，这次创作会向世人展示你乃欺世盗名的骗子'。"

我们发现编剧所遇到的障碍有一半是源于自己没有任何独立创作的作品。剧本的商业性位于将相关联的主题与编剧最充沛的激情交叠在一起的交叉路口。这是"写你熟知的东西"这句话所传递的真实含义。剧作的诀窍就是把写作视为对某段经历的回忆——对故事情感和心理的描述，而不只是猜测剧中人物在特定的时刻下会有怎样的心理状态。

当前来咨询的编剧陷入所谓的"编剧障碍"时刻时，我们会让他们回答一系列问题。这些问题来自一项名为"内省"的练习，由西北大学已故的编剧、剧作教授德里·查特曼所创。这项练习能够很好地帮助编剧重新找到写作的激情和对叙事的感知力，从而充实自己的故事。这些问题有助于你了解自己到底适合写什么类型和主题的剧本。最重要的是，这项练习能让你以叙事者的身份、以揭示自身独特声音和激情的方式投入写作之中。

1. 有一家人邀请你参加晚宴。此刻，你正站在他们家的门廊上。敲门后主人请你进屋，并挨个介绍所有家庭成员。你边吃饭边观察这一家人的动态。你以第一人称的方式描述了自己做客的情况。记住一点，你十二岁的时候曾在这座房子里生活过。

2. 他们的爱子（女）订婚了。他们举行晚宴，想见一见未来的亲家。晚餐后，他们在开车回家的路上交换了对这对亲家的看法。比如，他们注意到的一些小细节。他们还谈到了这段婚姻承载的意义。写下这段对话。记住一点，第一处提到的亲家正是你的父母。

3．你的视线脱离双手。你坐在长凳上向上看，环视这间屋子。你闭上眼，身子向后倾，长舒了一口气，说道："我一直担心终有一天这件事会囚禁了我。"

4．他们曾经一起约会过，可如今两人并未在一起。十年后，在一场社交活动上，一个人看到了屋子一边的另一个人，却犹豫要不要上前叙叙旧。写出这个人的内心活动。记住一点，这个人是你曾经的朋友，而你就是他（她）在屋里看到的人。

5．每次电话铃声把我从梦中惊醒时，我的眼前都会浮现你的脸庞。我感到一阵恐慌，当我确定你安然无恙后这股恐慌感才会消失。我不准你先离我而去。

6．面对这样的事情我是笑不出来的，也许永远都笑不出来了。

7．他（她）一走进屋子我就知道这下完了。为什么我总是为这类人沉沦？

8．他们结婚已有九年。其中一个人意识到另一半的性格永远不可能改变了，而且这种性格还非常无趣。这个人一想到要与这样的伴侣生活一辈子就心生恐惧。记住一点，这个人是你的伴侣。

9．如果我最终会落得像我的父母一样，那么，在他们身上有一样东西是我最不想拥有的。

10．这件事情过去已有一阵子了，可每次回忆起来，我还是会不寒而栗。整件事情如慢动作一样在我的脑海里重放。又或者，这件事好像盘旋在我的头顶，时刻目睹着自己。每次回想起这件事依然让我起了一身鸡皮疙瘩。

11．到……的时候，我就可以认定自己是一名成功的编剧了。

第三章
关于故事的批注

批注：

- "这个剧本有一大堆对话和动作戏，这有什么意义呢？"
- "剧情缺乏大的起伏。"
- "故事不够犀利。"
- "吸引观众的地方是什么？"
- "故事平淡无奇。"
- "这不叫结局，叫戛然而止。"
- "冲突性不够。"

我们需要了解的第一件事情是，其实没有什么新的故事可讲，也就是说，从最初的人类开始，故事的各项元素就已就位。每个时期都有自己的故事，而其中的大多数故事和叙事的方式都以一种有机的、自觉的，甚至是系统性的方式在不断地演化。

远古人类生活在自给自足的部落里，每个部落成员的角色是由自身天生的能力和家族的传统决定的。有的人被任命为猎手或士兵，有的人负责耕作，有的人做衣服和鞋子，还有的人负责酿酒、榨油、制造武器，等等。每个部落里总会存在少量的领导角色——酋长、牧师，还有通常意义上的讲故事的人。

人们每天黎明时分起床，然后前往田野和森林。他们在烈日或严寒中劳作，用人类生存所必需的物质资料维持自己的生命。不过，部落中有一名成员是不用去田野或森林中抛洒汗水的。这名成员就是讲故事的人。他坐在树下，酝酿故事，看着忙碌的村民，观察他们之间的关系。讲故事的人整天那样坐着、看着、思考着。到了晚上，大伙儿劳作归来，聚在帐篷里享受美味，讲故事的人就在篝火旁或村口附近等着他的同胞们。现在，他登场了。他赖以为生的方式就是为人们提供衣食之外的东西：一则极其优质的故事。

古人很快就明白，这个小集体能健康、有效地运转其实跟他们一起分享、倾听的故事息息相关。如果讲故事的人能让听众在目瞪口呆的同时学到一些重要的东西，那么他就成功了。听众若在故事里发现了能带回帐篷里回想的有趣之处并做梦梦到了它，而且这些有趣之处能让听众第二天元气满满地投入工作，那故事就算成功了。倘若能让整个集体理解兄弟情义和秩序建立的含义及重要性，故事也就达到了它的功效。人性的弱点是什么？道德高尚的英雄式的生活是什么样的？什么是真正的幸福？我们能在何处找到生活的意义？我们应该如何和平富足地生活在一起？

人类需要好故事的这个基本事实从未改变。今天，我们仍像远古的同胞一样渴望听故事，仍然需要运用想象力来帮助自己重新构建对生命与责任的承诺，仍然需要一起寻找人类共有价值的真谛。我们需要通过故事建立黏性关系——因悬念而揪心，被滑稽逗笑，为痛苦和磨难感伤，对邪恶畏惧，并为宇宙和自身心中的万千奥秘好奇不已。

　　编剧工作的重要任务就是满足观众的需要，其实现方式与远古的叙事者所用的方式相似。观众去听故事时会怀抱特定的期待，这跟他们买一条鱼或一瓶可乐时抱有的期待类似。只要编剧满足了观众的内心需求，他就能成功。有能力娱乐大众、传授智慧的叙事者会获得人们的崇拜，现今我们称那些崇拜者为"粉丝"。叙事要求我们必须尊重普遍的人性规律以及故事自身的特点。有才华的编剧能够将叙事的形式拓展到新的可能性领域，并且他仍然能保证把故事讲好。编剧当然可以在自己的作品中实践想法或宣泄情感，但你不要指望大众会全盘接受你的想法。不过好消息是：在构建充实的故事，以及满足观众情感宣泄的过程中，编剧终究会找到属于自己的故事。

一、故事比现实更美好

　　　我发现大多数人对故事的认识是从写故事开始的。

——弗兰纳里·奥康纳

　　我们做过项目研发主管、独立制片公司的剧本读评人，担任过各类剧本和电影大赛的评委，指导过许多学生。与此同时，这些年里我们也阅读了大量剧本。大多数剧本即使通过了最初的考验，也就是电影工业标准格式这关后，很快也会被拒之门外，原因是故事出了问题。很不幸，大多数剧本得到的第一条批注就是："对不起，你根本就不该写这个剧本！"这条批注还有一个火上浇油的说法——这个剧本连基本的要素都没有拼凑完整。尽管你的剧本中有创造力十足的奇观、吸引人的时刻、古怪的人物和妙趣横生的对话，但它恰恰缺少自身应有的特质——故事性。

在表述故事的重要特性上存在许多定义和方法，我们比较认同的一种观点是："故事是由一系列的选择构成的，它们引导人物从自身想要的东西走向自身需要的东西。"这一观点指向了这样一个重要的概念，即故事是人物内在和外在的转变过程。还有些人认为故事犹如一堂课或一个谜题。为了能实实在在地帮助编剧，让编剧了解观众究竟喜爱和期待的是什么，我们如此总结："故事比现实更美好。"

从基本层面上看，故事之所以美好就是因为它并非现实生活。故事至少应该媲美现实生活，然而成功的故事必须比现实更美好。这才是我们想听故事的原因！现实生活中的含糊、困惑、复杂和混乱我们都经历过，我们想听故事是因为它能带给我们更好的东西，让我们可以从现实中喘口气，从而赐予了我们锋利的视角去观察现实的方方面面，但这是以一种有趣的方式进行的。

现实生活是由一系列向我们迎面扑来的教训和印象组成的大杂烩，没有秩序、未经组织。我们既体验到心生嫉妒是怎样的感觉，又认识到这种折磨是如何促使我们采取某些行动的。同时我们知道了老年人也有美好的前景，他们学会了深色袜子不该搭配褐色皮鞋，知道该怎么给汽车电池充电等。现实生活的经验没有任何原因或顺序可言，它混乱地向我们扑来，仿佛海啸般急迫，将我们淹没。我们只有被它一次次地击倒后才能脱胎换骨。

有的编剧听到我们说故事需要比现实更美好时，以为我们的意思是要让大家编造虚假的故事。事实并非如此！现实生活若有使人略感不适的时刻，故事是需要丝毫不差地将之呈现出来的。现实生活若有片刻的讽刺或幽默，故事则需要成为装载滑稽事件的搞笑目录。故事如生活一般，真实是其最基本的标准，而优秀的故事要超越真实生活的经验并为之注入意义。

我们之所以寻求故事，是因为它用我们可以消化的食物为我们提供了一桌关于生活的自助餐。故事选取各种类型的现实经验为食材，用一口感性上迷人、理性上明白易懂的大锅，烹饪出有关这类经验的智慧。

现实生活中的人们彼此保持着谨慎与神秘，故事里的人物却敞开心扉、平易近人。我们可以确切地知道剧中人物的希望与梦想，他们的小缺点和失败的轨迹，以及他们每一个选择背后的动机。

现实生活中的人们胆怯、无知、多变、懒惰，剧中的人物却勇敢、灵动、发愤图强，总是那么有意思。

现实生活呈现的似乎是无尽的平庸与重复，故事却能吸引我们，因为它展现的是去掉了枯燥部分、充满大起大落的原创情境。

现实生活是无序、凌乱和无意义的表现，优秀的故事却呈现出美感：一个可以传授智慧的、和谐完整的统一体。优秀的故事讲述的东西永远都与混乱有关，但故事本身绝不会乱成一团。一个好故事犹如一个神奇的物件，能将观众从自身的混乱中抽离出来，使他们能够低身俯看，以一种更真实的全新视角观察一切。

二、故事有其特质

两千五百年前，才华横溢的哲学家亚里士多德用了几块铜币买了古代版的可乐和爆米花，然后开始看戏。他可是非常认真地在看。他肯定地认为戏剧和故事对人类文化的发展具有重要意义，因此他想了解什么样的技巧能成就一部戏剧，什么样的因素会让观众提不起兴趣或者跟故事相背离。此外，他还想了解故事如何在善与恶的层面上影响观众和社会，以及人们为何会被故事所吸引。

在研究故事的特质和目的上，他的专著《诗学》具有重要意义。虽然阅读经典哲学著作对我们而言是一次挑战，但我们仍鼓励每一位编剧都读一读此书，多花些时间坐在"亚里士多德之山"的脚下受一下熏陶。说到底，一个剧本的失败其实可以归结为它忽视了亚里士多德在《诗学》中提出的几个概念。这几个概念散落在书中，只有简短的几句话，透出漫不经心的感觉。对于那些鄙视这部作品的严肃编剧，我们只能为之叹息。

亚里士多德把故事里的重要元素按层级进行了排列：

1．情节

2．人物

3．主题

4．对话

5．音乐／音调

6．奇观

以上所有元素都有其必要性。故事的批注常常会提到某些元素的缺失。比如，"这部戏没有主题"或"这部戏对观众来说很无聊"就属于这类批注。它们意味着编剧遗漏掉了故事中某个起决定作用的元素。这就好比建筑师建了一栋房子却忘了设计门，这肯定是不行的。

上述元素的顺序至关重要。在这样的排序中，位于下方的元素必须服从上方的元素。因此，在故事中，一切元素都是为情节服务的。

自从大片出现后，最近几十年好莱坞拍摄的作品越来越不尽如人意，其中一个原因就是"奇观"和"人物"（这里解读为"名人"）成了故事金字塔中最为盛行的元素。

要想理解事物的整体性，你必须先搞清楚各个部分的特点。我们需要进一步研究，给整体下一个定义。

故事是围绕特定主题，运用技巧讲述一个人或一群人所经历的一个事件。这里边的每一个字都十分关键。

"运用技巧讲述故事……"

故事并非生活的切片，也不是装在银行外墙上的摄像头，整天注视着人们急匆匆或无精打采地来来往往。电影大师阿尔弗雷德·希区柯克并不认同二十世纪五十年代新浪潮电影提出的让电影人把影片拍得尽量趋近现实生活的观点。希区柯克说道："有的人拍的电影好像生活的一道切片，而我更愿意拍那种如蛋糕的一道切片的电影。"

糕点师在制作蛋糕时会基于原料的特质并根据蛋糕的整体样式选择原料。各种元素，如面糊、填充物、糖霜和用于点缀的食材，被融合在一起。每个元素本身就可口诱人，它们一起和谐地组成了一个美味的整体。

电影和叙事需要通过被我们称为"创意控制"（creative control）的过程反映我们对细节所做的精心的选取工作。故事的讲述者在打出"淡入"之后就开始进行一系列的选择。我要用谁的视角来讲故事？我要强调什么样的细节？我要掩盖哪些细节？哪一个故事细节讲述的段落会让我的读者（或者对电影而言，即观众）投入其中？

这个角色是二十岁还是三十岁？我该用哪个字，"荫"还是"影"？

"运用技巧"的意思是你有熟练的能力。这句话还意味着你拥有天资，尽心尽力地打磨细节，并且你已经练习多次，精通一定的技艺。这句话也意味着叙事者还应该是一名艺术家。

"运用技巧"还表明一个故事应该是一件艺术品，如同那些尽量把对美的新顿悟带到世上的东西。按照经典的观念来看，"美"并非指代"漂亮"，它指的是一部作品应该包含整体性、和谐感以及思想光辉。

整体性

整体性是指元素齐备，没有多余的累赘。故事的整体性体现了亚里士多德所谓的故事六大元素，每个元素各自的组成部分均被完整地呈现出来。

要想让故事流畅，应该将情节分成几个部分，包括开端、发展和结局。

要想理解整体性，我们需要先研究一下故事的开端。故事的开端有几个组成部分，其中包括：故事场所的建立、主要人物的介绍和发展、主题的揭示、主要的内部和外部冲突的介绍、次要人物的介绍（可能还包含反面人物）、促使剧情发展的导火索事件。所有这些都是故事开端的组成部分，有了它们，作品才会完整和精彩。

还需要说明一点，故事开端之下的每个部分又由更小的部分组成。叙事是一门复杂的手工艺活儿，而作品的美正是由这些复杂的技巧彰显出来的。

整体性让观众获得满足感，散发出可以让人依托的感觉。

和谐感

故事中的各个部分是相辅相成的关系。所谓相辅相成的关系是指，故事中的每个部分都能很好地烘托出其他部分，通过这样的方法从而放大每个部分的精彩之处。在一个出色的故事里，我们的目标不仅是让每个部分达到完美的境界，还要让其完美地为整个剧本服务。

决定和谐感的关键因素是故事的主题，主题是所有部分实现和谐感的中心。如果编剧缺乏掌控力，要想实现和谐感这一目标无异于痴人说梦。

和谐感能让观众体会到愉悦的感觉。

思想光辉

思想光辉指的是作品固有的，来自智慧、道德或精神上的启发。它赋予作品庄重的特质，而这一特质也被视为美的标志。一件艺术作品的思想光辉或多或少都可交由文字表达，当然这得根据艺术形式的文字多寡来决定其表现程度。故事可能是最具语言表现力的一门艺术。因此，它常常被视为最能传播知识与真理的艺术形式。

思想光辉满足了观众的求知欲。

"……一个事件。"

有事件发生才会有相应的故事。假如某件事即将发生，那它的发生就具有时效性。事件有开始，也有结束。优秀的银幕故事从开始的那一刻便抓住了观众的心，让他们在事件中"旅行"，直至结束的那一刻令观众直摇头，他们仿佛刚从过山车上下来似的。在剧本创作中，我们有一条准则，那就是"让电影动起来"。

看完剧本后，读评人应该用几句话就能概括出故事的中心事件。读评人要是能够说出"这是一个关于泰坦尼克号沉没的故事"之类的总结，那么这个剧本就算过关了。刚开始写作时你可能不知道该如何打磨故事，但你必须弄清楚故事的中心事件到底是什么。你必须清楚有什么样的事件要发生，它将如何改变整个故事的走向。

大部分初出茅庐的编剧不清楚该在何时展开自己的故事。我们用打网球的规则来建议大家："在球弹起阶段击球。"也就是说，你的故事在一开始便要直奔剧情，不要想着把背景全部交代完之后再讲故事。要想在银幕上讲出好故事，你需要向观众介绍人物的生活状况，他们之前是怎么生活的，以后将怎样继续生活下去。我们要陪伴这些人物好几个小时呢。编剧要用剧情揭示人物的背景，不要将背景当作剧情的先导。

好的故事能带给观众满足感。你可以让观众一直玩猜谜游戏，直到剧本的最后一页，但是到了最后一页时，你必须给出谜底。观众得知道发生了什么，而且故事应该给人一种完结的感觉。我们这行有句话是这样说的："模棱两可——不错，混乱不堪——太烂。"

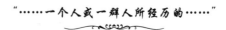

"……一个人或一群人所经历的……"

所有优秀的故事都是由人物驱动前行的。剧本讲的就是某个特定人物是如何经历某个事件的过程。好莱坞电影人常把一句话挂在嘴边："没有什么新鲜故事，只有新的演绎方式。"也就是说，故事情节在银幕上的演绎方式比写了三行的故事梗概要重要得多。在大多数情况下，故事的细枝末节并不是剧本创意的吸睛点，让剧情有意思的是这个事件的承受者。

例如，好的推销术会这样描述："这个故事讲述了一群人遭遇海难，漂到了某个荒岛上。现在，关键点来了，遭遇海难的船上有（你会爱上这个部分的）教授、电影明星、笨手笨脚的船长和大副、邻家女孩、百万富翁和他的老婆。"故事讲的不是关于海难的事情，而是关于遭遇海难的这群人。

故事讲的不仅是发生在某个人物身上的事件，更多的是某个人物对某个事件的看法。所以，故事里讲的全是观点。

举"哈默林的花衣吹笛人"[1]这一故事为例。花点时间想象一下，在八十岁的垂暮之年，吹笛人回顾一生，想到了自己曾带领一群孩子逃入山野。根据吹笛人的回忆，谁才是反派？迫使吹笛人带着孩子逃走的小镇居民，我们对此又该如何评价呢？

现在试着用其中一个孩子的视角来讲述这个故事，试着用其中一对父母的角度来叙述一下，或者试着用一个旅行者的角度来进行讲述——事件发生多年后你来到这个村庄，东拼西凑地搜集到一些细节。每次更改叙述视角后，你都能创作出一个全新的故事。

---

[1] 一个源自德国民间的故事，出现在歌德、格林兄弟、罗伯特·勃朗宁等人的作品里。故事讲述了一位身穿花衣的吹笛人被哈默林的镇长请来灭鼠，完成任务后镇长却言而无信，拒付吹笛人的酬劳。为了报复，吹笛人用魔法笛子把镇上的小孩全都拐走了。

"故事围绕特定的主题……"

主题乃统一性的观点，是整个故事存在的理由。主题回答了这样一个问题——这部片子到底讲了什么？主题的混乱会使作品不连贯，造成脱节的感觉。你可以通过剧本前几页里的巧妙设置和转移读评人注意力的设定让他们琢磨："嗯，这个故事会讲什么呢？"但如果十页过后，读评人还在摇着头猜测这个故事讲的是什么，那你的剧本极有可能不会通过。

主题不仅决定了结构，还决定了哪些选择能促使角色做出改变。主题让电影变得更宏大，让电影不再局限于《卡萨布兰卡》中所谓的"三个小人物的麻烦问题"的模式。相反，它让你的故事触及每一个人。

三、电影故事有其独特之处

从材料的可能性着手。

——罗伯特·劳森伯格（Robert Rauschenberg）

电影不但要有构成故事的所有元素，还需要其他一些能表现电影艺术形式的潜在构成元素。我们经常会看到这样的故事批注："这个编剧想拍摄纪录片吧。"另外一个常见的批注是："这个编剧想写下一部《战争与和平》吧。"上述两种批注都表明，编剧不明白电影叙事的局限性与可能性。

电影故事需要考虑影片的类型和预算范畴，同时还要做到影像化、戏剧化和经济化。

类型

我们将在第八章详细介绍电影的类型。在这里提到它的目的在于，我们知道电影人倾向于拍摄自己喜欢的类型，而观众也愿意花钱看自己爱看的电影类型。类型其实是对电影工业和观众做出的一种承诺，标明了故事的特定种类及其特定的情感经历。电影工业通常不清楚该如何为跨类型的影片制定市场推广方案，因此通常会避免这类剧本的出现。编剧的工作便是早早地在剧本的开头设定作品的基调，让观众围绕特定的情感旋转跳舞。

预算范畴

电影是一门昂贵的艺术形式，因而编剧需要对开拍的时间和影片的规模有一个大概的把握。有些史诗题材的故事需要成千上万的演员和标志性的场景桥段。因此，投资两亿美元的影片是不会采用新人拍摄作品的。编剧的初次尝试应该瞄准那些饱受情感重击的小人物的故事。

一旦你开始为制片人写剧本，预算的问题就变得十分重要了。假如制片人告诉你电影预算是一千五百万美元，那么你应该搞清楚这串数字究竟意味着什么。故事的形态有一部分是由预算决定的，这好比米开朗琪罗的《最后的审判》（*The Last Judgement*），创作这幅壁画必须考虑西斯廷教堂的形状和大小。

影像化

电影故事影像化的方式有好几种，我们将在第十一章详细介绍。不管怎样，故事需要依赖电影独特的表现形式来完成完整的演绎，这就意味着编剧在改编小说的时候需要严肃地考虑银幕究竟能提供什么样的东西来增强故事性。

影像化的故事依赖于视觉表现，如交叉剪辑、蒙太奇、画外音、非剧情声音、运动镜头、闪回及转场。电影故事可以分层呈现剧情，这充分体现了电影能够同时给观众传递不同信息的特性。

戏剧化

电影的结构深受戏剧的影响。电影不一定要遵循三幕剧的形式，但在抛弃这条黄金法则之前，编剧需要对它有充分的了解。三幕式结构的形式与人类的思维模式相符，呈现出自然演进的特性。戏剧化结构意味着电影应该对观众天然的节奏感保持敏锐性，观众对导火索事件、剧情发展、转折点、铺垫、情境设置及结局是有要求的。

经济化

电影是一种在大银幕上进行表现的艺术形式，其呈现时间基本固定，大体上分为短片和剧情长片两种类型。今后电影会出现什么样的形态将留给后人去探索，但根据电影史而言，观众习惯接受两个小时左右的电影。短片似乎一直有越来越短的趋势，不过主流的短片还是控制在十五到三十分钟以内。

编剧构思的故事应该可以放到上述任意一个时长的框架内。如果两者都不行，即亚里士多德所谓的"大小"（magnitude）的问题，那么该故事便不适合被拍成电影。

四、故事举足轻重

故事是编剧赖以生存的必备品。

——肯尼斯·伯克（Kenneth Burke）

故事提供给世人可以学习、感受和幻想的东西，把这些传递给观众是一个故事讲述者奋斗的目的。上述这些东西是"触及观众"的核心，同时在一个急需好故事的世界里，它们也是讲好故事的关键。

故事作为供人学习之物

人类的天性好奇又充满求知欲。如果对这点存有疑问，你可以在人多的房间里俯下身子，压低声音说："那个，昨天晚上，我碰巧从窗外经过，你们绝对猜不到我看到了什么！我简直不敢相信！在那里，就是在停车道的正中间有个……"我敢保证，你如果在此时停下来抬起头，一定有不少人伸长脖子等着听你继续往下讲，他们想知道你到底看到了什么。尽管不知道为什么要在乎别人的所见所闻，但是大家的兴趣还是被勾起来了。

故事对行动中的人类做了艺术化的描绘，是人类学习知识的特有方式——人们最愿意接受的学习方式。故事提供了一种成长和收获智慧的有趣方式，我们在其中收获的智慧可以令生活更能为我们掌控，更容易被我们理解。

人们首先想从故事里学习的是如何才能更好地生活。他们坐在讲述者的脚旁，希望在经历了有趣和狂热之后，在离开时，自己的思想能更加深刻，生活更为充实。这便意味着讲述者应该把自己的劳动果实当作寓言故事来看待，其中必须承载智慧和见解，否则观众便不能感受到它的价值。

假如你收到了这样的批注，即"我没有明白这个故事的意思"，这很有可能是因为你笔下的人物没有充分表达自身的观点。这是一种拒绝传递任何价值的故事。观众不清楚人物的选择到底是正确的、有益的，还是具有毁灭性的。身为编剧你必须清楚，有时候观点的缺失是由于编剧没有把自己带入故事的关键时刻之中，也没有好好挖掘自己的心理。讲述者并非宣传者，但写作的确需要勇气，因为个体必须把自己的内心世界展现给大家看，并在全社会的面前宣布"这就是我坚信的东西"。

故事发生的场所则用生动有趣、自由自在的方式让观众获取信息。对观众来说，这样的方式的确生动有趣、自由自在。对编剧而言，要满足观众对细节信息的获取绝非易事，你需要经过大量的研究才能深刻地理解以及建构故事背景的场所。

想想《完美风暴》（*The Perfect Storm*，2000）是怎样为我们揭开北大西洋捕鱼人生活的鲜为人知的世界的。他们在海上吃什么？船员们捕来的鱼要放在船上的哪个位置？他们是怎么防止鱼腐烂变质的？邋遢的船员们遵从的是什么样的荣誉准则？被困在"完美风暴"里究竟有何深意？只有经过长时间的研究，编剧才有可能细致入微地描绘出所有令人惊叹的细节，而这些细节是讲好故事的关键。

因此，当听到别人说"这个剧本有点儿无聊"时，先别急着添加动作场景，你需要先完善人物的职业和生存环境等细节，这样做可以给剧本注入灵气。很有可能做出这样的尝试后，你会找到故事发展的新方向。

故事作为供人感受之物

如果你收到的剧本批注包括"无聊！""拖沓！""简直看不下去！"，这说明你的剧本缺乏情感共鸣。故事旨在为我们提供各式各样的人类经验，尤其是情感经验。我们的心理被设定为一道广阔的情感光谱——从开怀大笑到揪心痛哭，从因惊奇带来的兴奋感到令人颤抖和起鸡皮疙瘩带来的恐惧感。我们经历的极端情绪扮演着心理宣泄或净化的角色。

现实生活大多枯燥无味。我记得一位消防员曾跟我说他想辞职，原因是他的工作常常单调乏味。我回答说："在你们光速冲进熊熊燃烧的建筑物的时候，那是很有意义的时刻，对吗？"他耸了耸肩告诉我："一年也只有几次这样的时刻，大部分的时间我们都在清洗消防车，检查别人家中的煤气管道。"一般而言，人们的生活都有其固定的经验模式，缺少情感的波峰和波谷。

故事给了我们体验各式情感的机会。跟随人物去冒险，我们跟他们产生了情感共鸣。片中的体验若足够激烈，我们便可以从人物的艰苦历练中吸取教训，仿佛自己也亲身经历过一样。托尔金认为，故事让人们打破了日常生活的樊笼，从而体验到了人性本质的宽广维度。

如果故事呈现的全是动作以及剧情上的迂回转折，缺乏体现真实人性的时刻，那么它很难打动观众。有一点极其关键，那就是观众要能从主角做出的重要选择中找到深刻和普世的人类情感。电影中的"时刻"犹如情感上的分水岭，只有你在故事中标明了它的位置，观众才能发现。

在看到"故事一点儿也不吸引我"这样的批注后，你应该考虑重新构思故事冲突的种类和激烈程度。冲突是所有戏剧的灵魂，是所有情感体验的中心，也是主人公所有选择的动因。

故事作为供人幻想之物

故事对于观众的社会意义在于，他们观看剧中人物经受考验和苦难，然后通过想象把从虚拟角色身上汲取的教训导入真实的生活中。人们走进故事之中，发现有用的东西后便会将它带回到现实生活里。

此部分涉及的问题，批注通常会这样写："这个剧本没什么意义"，或者，"此处没有留给观众想象的空间"。在通常情况下，新手不会给观众留下想象的空间，故事缺乏神秘感，全是流于表面的东西。观众在开车回家的途中，也没有什么可以回味的。

故事若是充实完整，即使是最深层的含义也可以传递给观众，而且它也要求观众沉浸其中并将之内化。想一想《辛德勒的名单》（*Schindler's List*，1993），即使今天没有人生活在纳粹集中营里，该片依然萦绕人心、鼓舞大众。观众在观看时会调度自己的想象力思考辛德勒（Schindler）表现出的无私和勇气，假定在当下"我"是否也会做出这样的牺牲。当他们听到"要是我能再多救一个人就好了"这句话时，观众会严肃地思考，在现实生活中，哪个人或哪些人可以被"储存"至伟大的命运图景中。

好的故事结局会让观众觉得这是一个全新的开始，也就是说观众会在脑海里不断地回想那个故事世界。要达成这个目标，想象和记忆力是绝对不可或缺的。一个好的故事能让人有跟朋友谈论起的欲望，会让大家去购买根据该故事改编的游戏，还会让粉丝想执笔写同人作品，然后电影还能一部接一部地拍摄续集。这样下去，你很快就能在马里布买上一幢海景别墅了！

五、"大起伏"即死亡

在每个人的精神楼阁之中，死亡挥之不去。

——埃尔伍德·"巴德"·基泽教父（Father Ellwood "Bud" Kieser）

编剧常常会收到这样一则批注："这个故事平平淡淡，缺乏足够大的起伏。"讽刺的是，缺乏跳动的脉搏的故事可能会缺失一丝死亡感。我们无法逃避死亡，在最后一次闭眼后，我们也不确定会发生什么，因此死亡能激发出我们更多的情绪。一部好电影讲述的故事应该是关于某人抵抗死亡的。

片中人物可能会有好几种不同的"死法"，而编剧的工作就是使观众感到，每一种"死法"都跟肉体的死亡一样——起伏巨大，无可挽回。

● 情感死亡

一个人由于遭受创伤，不愿与他人接触而失去了感知的能力。遭遇过情感死亡的角色缺乏同情心和同理心。对于别人的感情，他缺乏认知能力。这样的人通常都比较残酷。

● 心理死亡

人物若缺乏心理生活的历练便会与现实生活脱节。他对何为真实的看法缺乏可靠的衡量标准，并且会用其他现实来描绘自己的经历。这样的人具有不稳定、非理性和不可预测的特质。

● 精神死亡

人物由于与邪恶势力保持良好的关系而失去了灵魂，缺少希望。他对非物质的东西抱有怀疑的态度。他冷酷地意识到，物质世界正在悄然流逝。这种人常常陷于绝望之中。

- 道德死亡

片中人物丧失了道德感，无法分辨是非。他在自己的欲望和需求的领域之外所做出的选择缺乏有力的支撑。这种人通常比较冷酷无情。

- 社会死亡

片中人物被深深地伤害过，因此经历过"社会死亡"的他缺乏理解他人的能力。他对任何事情都不再抱有信任感，因此无法同别人进行交流。此类人的状态通常是与世隔绝的。

- 理性死亡

人物若总是疑神疑鬼的，终将完全失去处理事务的能力，这样的人物也难有什么成长。此类人长期活在麻痹之中。

- 肉体死亡

人物的心脏停止跳动，大脑也不再活动，灵魂与肉体分离。可以说，这是所有可能发生的"死法"中最轻的一种。

六、满足观众的需求

今天的好莱坞，我们认为有一类批注提得还不够，那就是："这个故事怎样才能对观众起帮助作用？"不管是给出观众精神上的指导还是启示性的预见，这些讲述者应尽的天职在这股追求金钱与奇观的疯狂洪流中几乎被遗忘了。这股潮流始于电影《大白鲨》（*Jaws*, 1975），从那时开始，它便定义了大片潮流的含义。不可否认的是，故事拥有强大的力量。无论在何地，当人们拥有这份强大的力量时，正如蜘蛛侠教给我们的一句话，"随之而来的便是一份莫大的责任"。

亚里士多德在《诗学》里面罗列了人类为何喜爱和需要故事的主要原因，以及故事为什么对社会的健康运行有着重要的作用。他大致是这样说的："故事带来的旅程，要么将我们引向智慧和团结的领域，要么将我们带入黑暗和孤立的世界中。"

从编剧的视角看，亚里士多德的真知灼见意指有两种重要的本能吸引人们观看故事：渴望模仿的本能及希冀和谐的本能。编剧在创作时应该牢记这两点。

渴望模仿的本能

人类更喜欢用模仿的方式进行学习。通过观察他人的行为，我们学会了该做什么以及怎么做。因此，为了满足这样的本能需求，编剧需要让角色在片中做各种事情。在电影《朱诺》（*Juno*，2007）中，我们跟随主角经历了一场意外怀孕的风波，这样我们就不用在现实生活中体验其中的滋味了。这是所有有关剧作的书都会强调的一句名言——"使用表现而非讲解的方式写故事"。正如亚里士多德所言，好故事展现的是"行动中的人物"。

电影若真的想满足观众的需求，模仿这个环节则需要做到令人印象深刻。人物的选择越能反映心理活动的深度，故事就越能跟观众产生共鸣。拿《朱诺》来说，主人公承认自己在担任母亲这个角色上很不成熟。出于无私的想法，她同意将孩子生下来，因为她意识到自己的孩子也是一个"长着指甲"的人类。观众喜欢的是那种让他们真正进入人物的内心深处从而与他们倾诉的电影。观众通过这些共鸣也能了解自身。

要想写出深刻的东西，编剧自己就得有深度。弗兰纳里·奥康纳将这种深度称为作家"凝视的能力"——编剧应该全神贯注地"凝视"生活的所有形态，搞清楚事物的样貌以及未被察觉的事物的表现形式。这样编剧才能在纸上放大并描摹这些事物。

所以，如果你收到了这样的批注——"花时间读这样的剧本非常不值得，因为它什么都没有讲"，这可能意味着你没有满足观众对模仿本能的需求。

> 故事令我们更具生命力、更有人性、更有勇气、更富爱心。
>
> ——马德琳·兰歌（Madeleine L'Ebgle）

希冀和谐的本能

通过人物的挣扎与经历，故事才能彰显其意义，但还有一点千真万确，那就是故事能让观众得到满足感在于它让观众感受到了秩序、和谐、非凡与清晰。亚里士多德认为，我们对美的追求与鸟儿飞往南方过冬有着异曲同工之处。

● 因果

好故事应该让观众处于清晰明了的状态之中。在现实生活中，我们常常搞不清楚自己为什么要做这样的事情，不理解那些驱使我们前行的力量，也看不到自己做出的选择所带来的难以估计的后果，而且我们一般会花很长时间来慢慢认识自己。好故事则会推翻上述情况，让我们不仅能了解人物的动机——它是一条连接犯过的错误与得到的教训的穿引线，还能让我们看到完整充实的结局，其中人物经历的旅程应有的全部元素均以连贯的方式组合在一起。在《饥饿游戏》（*The Hunger Games*，2012）中，凯特尼斯（Katniss）的基本动机是营救她的妹妹。即便她感到恐惧，我们还是能理解她为何会走上前，自愿参与这场"饥饿游戏"。

● 美丽

故事之所以比现实生活更美好不仅是因为它能提供娱乐性的张力——配备齐全，没有任何无趣、无关或多余的部分，同时也因为故事将所有元素做了和谐化的处理，与观众分享了那些意义明确且有寓意的东西。2011年，有一部名为《艺术家》（*The Artist*）的奥斯卡获奖影片便是好故事的代表之作。它的讲述方式很出色，片中所有的元素组合在一起，给大家带来了极具满足感的完美结局。全球观众也非常喜爱这部电影。从许多方面看，现代社会充斥着丑陋、混乱、平庸和愚蠢，好的故事能够带领我们脱离这一切，让我们以更完美的视野看待世界。

因此，当故事用一种有格调且引人入胜的方式表达某些有价值的东西时，观众希冀和谐的本能便得以满足。他们带着兴奋、鼓舞和感恩的心情离开影院——所有这一切都是维系家庭美满的优良品质。

如果批注这样写道，"剧本一团乱"或者"我看不懂这个故事"，那便意味着你没有满足观众希冀和谐的愿望。

七、同情心的宣泄和对邪恶的恐惧

故事是否会产生影响，在于它能否引领观众进入那些完善自身情感宣泄的时刻。

观众面对宣泄效应最强的故事类型时，会跟主角产生共鸣，即便他们退出充满悲伤的故事也不会对主角指指点点。相反，陪伴某个角色一路走来的观众离开故事世界回到现实世界时会这样说："若非上天开恩，我亦会落得此般田地。"

在皮克斯动画工作室出品的动画电影《勇敢传说》（*Brave*，2012）中，梅莉达（Merida）与母亲的争执导致她做出了错误的判断，最终使自己的母亲变成了一头黑熊。梅莉达弥补过失的旅程让我们同她产生了共鸣。亚里士多德建议，对这颗能平稳运行的星球，我们应该抱以同情之心，因为不管我们有多聪明、多守纪律，我们总会犯错。我们不在这里讨论犯罪行为的问题，我们讨论的是由于自身的脆弱、无知而制造出的混乱。假如你的朋友出现了上述问题，我们是无法责备、孤立或杀掉他们的。如果这样做的话，大家最终都得死。相反，故事让我们做足了准备功课，使我们明白是什么导致他人做出某个令人后悔的抉择，这样我们就能帮助他们恢复正常。

比起被好事吸引，对惩罚的恐惧更能刺激人类。好的故事也会利用观众对邪恶的恐惧引领他们进入情感宣泄的时刻。没有人想成为丹泽尔·华盛顿（Denzel Washington）在《迫降航班》（*Flight*，2012）里饰演的维普·惠特克（Whip Whitaker），但由于知道了他的故事，观众反而能做出更好的选择。在看一个由于自身的无知或愚蠢而受苦的角色时，我们会从心底厌恶那些将角色带入苦境的糟糕选择。因此，看别人为自己所犯的过错买单可以在一定程度上提醒我们不要犯同样的错误。

为观众创造情感宣泄的时刻的能力其实是熟练运用所有故事元素的结果。这些元素基本上均被本书囊括。但是，除了掌握技巧外，情感宣泄的来源还跟故事的三个特征有关：

- 要想吸引观众，人物必须善良、始终如一、生动逼真。

- 人物通常由于软弱、无知或愚蠢，从一开始的好运堕落到厄运之中。这一点与邪恶势力相反。

- 在故事里，蕴含见解的关键时刻会令人出乎意料。

八、故事的界限

- **故事并非对某件事、某种情感或某段心理经历的随意揣摩**。这样的剧本可能是一件有趣的艺术作品，但随意的揣摩与故事的结构性和目的性的本质并不相干。换句话说，"故事并非一场无关一切的演出"。

- **故事不是对"人生中的一天"的简单记录**。它会加入编剧的观点，省略不重要的细节。

- **故事不是由一系列对话组成的**。故事里的对话存在的理由主要是为了揭示角色的性格。角色的言语与其行动应该是一致的。

- **故事并非对一件事进行的逐字描绘**。亚里士多德是这样区分历史与故事的：历史只在一个人或一群人的身上发生一次，而故事可以在任何时间、任何人的身上发生。

- **故事并非编剧的私人心理辅导课程**。编剧当然可以在故事里思考个人问题，可总是以自我为中心很难让观者提起兴趣。对于大众而言，故事应该做到有娱乐性。

- **故事不只是一处酷意十足的场所或令人着迷的情境**。就故事的设定而言，引人入胜的场所的确很有必要，但只建构一个世界还远远不够。

- **故事不是一条直线**。如果没有反转，故事只配称作"简单的情节"。比这更好的故事拥有"复杂的情节",也就是说,这样的情节会出现多次反转。可即便是最简单的情节,高涨的剧情和高低起伏的情绪也是必需的。

● **故事不该戛然而止,应有结局。** 故事结束的标志是主题思想已经完整呈现,主要人物已被不可逆转地改变了。没有主题的故事不知何时才会结束,因而故事的剧情会很散,会突然抖出包袱后戛然而止。

● **故事不仅是一个被贩卖的产品,还是一段可以共享的旅程。**

九、故事创作练习

1. 简明扼要地写出故事的中心剧情事件。比如,你决定写一个讲述一家人去墨西哥度假的故事,一家人平常彼此疏远,父亲希望此次旅行带来的欢乐能让大家的关系恢复如初。

a. 列出五种你希望加进故事并使之有大起伏的"死法",看看你到底能加进去多少。如果故事讲述的是去墨西哥旅行的一家人,那你可以在他们即将离开墨西哥时把母亲想离婚的情节加进去。

b. 接下来,你需要想出五种不可预测的反转,将开头复杂化。你要从中选一个最新颖独特的反转,比如那些你从未见过的事情。刚到墨西哥,他们就阴差阳错地冒犯了一名女子,而这名女子恰巧是某位有权势的毒枭的老婆。

c. 接着,想五件复杂的麻烦事儿,它们出现的时间点是在故事进行到一半的时候。看看你是否能将所有的事件都融入故事里,比如,家中年纪最小的孩子在达拉维尔的一家砖厂走丢了。

d. 最后,写出五种可能的结局,然后把它们丢到一旁,再想五种出来。用到故事中的结局应该是最令人吃惊、最意味深长的那一个，比如，父亲与毒枭的老婆留在了墨西哥。

2. 列出两三部成功的影片，这些影片的故事给观众呈现的感觉正是你希望自己的故事能呈现出来的感觉。在你的故事里，什么元素能像这些影片一样制造出同样的基调和情绪的质感？比如，你的剧本融合了《假期历险记》（*Vacation*，1983）和《洛奇》（*Rocky*，1976）这两部电影。

3. 完成下面的句子：

运用_____，故事就能让观众感到有趣。

通过_____，故事就能满足他们内心深层的需求。

第四章
关于场所的批注：一个亟待探索的世界

地点影响行为。试想你的孩子在一家高档餐厅里发脾气，你会做出怎样的反应？如果是在家里发脾气，你的反应又会有怎样的变化？如果是在你的岳母面前呢？在你的老板面前又是怎样的情形呢？

故事的背景不仅影响着剧中人物的行为，还影响着他们是否会根据事件发生地的规则行事。背景还能向观众透露故事的高低起伏。如果你在家做美甲，冲突发生的可能性就极低；但如果你在老板演讲的时候做美甲，冲突发生的可能性就很高。

事件的场所可以依据实体、哲学或道德观进行背景设定。一个好的场所会影响剧中人物之间的反应和应对行为。

最好的场所带有具体的特征。好莱坞的执行制片人常常被分配到的任务是找到一处可供拍摄的"标准化外景地"，之所以有这个要求，是因为电视台太爱拍摄打官司或生病住院的戏份了，从而导致每部剧的结局要么发生在医院的大厅，要么发生在法庭内。影视行业对客厅、教室、餐厅、酒吧和卧室的需求一直都存在。电影业深受财务和效率要求的限制，往往更喜欢找一个普通的背景场所让演员们演戏，这样做却牺牲了某个独一无二的场所带有的独特效果。

试着多想一想，怎样才能在故事世界里嵌入观众的经历。如果将故事设定在一家餐馆里，那么你需要考虑一下，它应该是位于鹅卵石路上、爬满藤蔓的小酒馆，还是在码头边上、被飓风掀翻的廉价小饭馆。故事中是没有所谓的"标准化外景地"的，这就跟影片中不存在"标准化角色"是同样的道理。即使剧情发生在教室、酒吧或法庭内，编剧也需要添加几个细节让这些场所显得与众不同，甚至引人入胜。但是请记住，你在剧本中必须使用简洁的语言进行描述。小说可以用较长的篇幅描绘一个场所，但剧本与之不同，大部分剧本都要求编剧把描述场所的相关文字压缩在一句话或更少的文字之内。

回忆一下电影《杀死一只知更鸟》（*To Kill a Mockingbird*，1962）在法庭里拍摄的戏份，法庭里布满灰尘、破败不堪，跟聚在大厅内等候审判的顽固市民所散发的精神状态一模一样。现在，回忆一下《法律与秩序》（*Law & Order*，1955－1975）中那个明快高效的法庭，那才是正义的人与罪犯较量的专业场所。

天赋异禀的编剧在打造场所时会选用具有象征意义的小巷和迷人的门廊。潜在的复杂事件则埋伏于故事世界中，当第二幕走向平淡时，这些事件可以随时给编剧提供帮助。

在剧本的起始阶段运用一些方法将场所具体化,你可以由此培养自己用复杂的手法描绘场所的习惯。在剧本中,永远不要出现所谓的"标准化外景地"。

● 这不是一栋单纯的古罗马时期的房子,它是一座热闹的庄园,代表着橄榄油业务蒸蒸日上。

● 这可不是一间普通的位于曼哈顿的公寓。它先前是一家精神病医院,位于"小意大利"区(Little Italy)的边缘,楼下是一家越南餐馆。

● 这不只是一座军事基地。在台风多发的季节,它会被转移到中国台湾。

● 在描绘地点时永远不要只写"美国主街"①。你应该写这是一座衰败的钢铁城,到处布满铁锈;或者这是一座边境小城,非法移民穿过庭院就能进入美国;或者这是一个位于海边的度假胜地,该地区的地下水位出现了问题。

● 这不仅是一所学校,还是海洋科学学院,学生们都在船上上课。

> 童话故事未受幻想文学的影响,主要讲述了一些简单或基本的东西,这些简单的东西由于其背景的设定而令人易懂。
>
> ——J. R. R. 托尔金

场所对故事的基调和预算应该起补充的作用。史诗电影就该有史

---

① 主街(main street)是美国城镇街道的一种常用的命名方式,同时,它也是美国传统价值、小型商业和小镇生活的代表。

诗级别的设定。《阿拉伯的劳伦斯》（*Lawrence of Arabia*，1962）里若是没有那些广袤的沙丘镜头会变成什么样？如果你想让观众领略绵延的地貌，你的故事最好也具有"绵延性"，并有一个严肃的主题。就在设定中铺设形而上的元素这一点而言，做得最好的是那些剑走偏锋的低成本独立电影。《成为约翰·马尔科维奇》（*Being John Malkovich*，1999）的绝妙之处在于，将故事设定在半层楼高的狭小办公室内，这与主角的大脑有异曲同工之处。

奇观能让人学到一些东西，关于场所的内容则占了很大一部分。我们发现人类是一种渴望学习的动物，而听故事是人类偏爱的学习方式。场所是我们满足这一需求的关键。编剧需要对故事呈现的世界做一番功课，然后把这些东西放入背景中，让观众学习（也许观众并未意识到自己受了一次"教育"）。比如《月色撩人》（*Moonstruck*，1987）、《莫扎特传》（*Amadeus*，1984）、《漂亮女人》（*Pretty Woman*，1990）中的歌剧，《爱国者》（*The Patriot*，2000）中关于独立战争的评述，《猎杀红十月号》（*The Hunt for Red October*，1990）中展现的冷战时期核潜艇的内部运作机制，以及《亡命天涯》（*The Fugitive*，1993）中呈现的关于假肢器官的奇异世界。如果你决定在电影里教授观众一些事实性的知识，那就通过场所来完成这个想法吧。

好的场所是有界限的。想想现代橄榄球场的结构。在观看比赛时，你当然希望比赛是在场地的界限内进行的。假设比赛是在换衣间或停车场里进行，这就有些不合时宜了，自然也不值得观众花钱买票观看了。肉体上的"界限"在电影《127小时》（*127 Hours*，2010）中表现得淋漓尽致。主人公被卡在两块石头之间，该片的主要场景就发生在这里。希区柯克的《后窗》也是一个极为出色的例子，格里高利·派克（Gregory Peck）从窗户里观察到的有限信息影响了整个故事的发展。

场所是故事在哲学意义或道德意义上的设定。《杀死一只知更鸟》的故事之所以精彩，是因为该片的剧情设定在大萧条时期的美国南部，当时人们特定的态度为故事制造了冲突，要是把故事设定在当代的曼哈顿就完全行不通了。同样，将背景设定在当代曼哈顿的《欲望都市》（*Sex and the City*，1998-2004）之所以也很精彩，是因为该剧符合曼哈顿一带展现的精神风貌。要是把故事搬到大萧条时期的美国南部，这部剧就会显得荒谬滑稽。思考一下角色的观点和行为会如何影响场所的设定，还有你的设定是否能制造出戏剧感十足的张力。

场所影响故事的主题。《公民凯恩》的主题是："一个人获得了全世界，却失去了自己的灵魂，这样的人能得到什么好处？"凯恩在自己赚得的大量财富中备受煎熬。影片的场所设定在他的豪宅中。想一想，假如在结尾的时候，凯恩住在一个普通的两居室内，故事的走向则会完全不同。也许他依旧活得很开心，也许他还留着那个"玫瑰花蕾"。

场所是无法从故事中抽离出来的。如果故事背景可以用其他任何地方替换，这就说明故事的场所建构得还不够好。思考一下你建构的场所代表的意义，然后用各种方法使它的意义丰富起来。

场所练习

1. 看几部与你想写的故事类型匹配的电影。这些电影的设定都有什么？哪些元素使设定独一无二？这些故事的场所能更换吗？场所是如何推进剧情的发展和人物的抉择的？

2. 用一句话描述一下你的故事世界。比如，芝加哥的一家酒吧。

　　a．把场所改成更具体的街区。比如，芝加哥南区的一家酒吧。

　　b．修改场所所体现出的经济状况。比如，芝加哥南区一家破败的酒吧。

　　c．为场所添加一些历史背景。比如，芝加哥南区这家破败的酒吧曾是阿尔·卡彭（Al Capone）[①]常常出没的地方。

　　3．尽量在场景环境中加入一些复杂的因子。例如，现在是季风季节，或天气极度湿热，或角色被困在一场严寒的暴风雪之中。又比如，街上正在举行盛大的乡村集市，或发生了一场政治集会，或地标建筑被拆除了。

　　4．从故事的场所中找出能够表现主题或主角挣扎的象征性元素。比如，主人公是一名邮递员，兄弟的死令他痛不欲生。他背着一个沉重的包裹，走路时身子弯曲。"信天翁"是他常常光顾的酒吧，他渴望搬离这座"兄弟之爱之城"[②]，可是他无法做到。

　　5．找出一部跟你在剧本中设定的场所大致相似的电影。你的场所跟这部电影相比有哪些不同之处，有哪些新颖之处？比如，你把故事的发生地定在巴黎，那么它跟《美食总动员》（*Ratatouille*，2007）、《午夜巴黎》（*Midnight in Paris*，2011）、《钟楼怪人》（*The Hunchback of Notre Dame*，1996）的差异是如何体现出来的？

[①] 阿尔·卡彭（1899—1947），二十世纪二三十年代美国禁酒令时期的芝加哥黑帮大佬，外号"疤面人"。

[②] 美国费城的别称。

第五章
关于人物的批注：可爱的矛盾体

> **批注：**
> - "人物无法引发我对他关心的情绪。"
> - "我不清楚人物想要的是什么。"
> - "人物一成不变。"
> - "人物的选择难以令我信服。"
> - "人物显得很呆板。"
> - "人物不太活跃。"

创作人物时我们会遇到一个关键的问题，即"相关性"（relatability）。这是好莱坞的行话，意为"我了解这个人，会在意他的感受"。倘若无法与角色建立起联系，观众只会在一旁见证故事情节的发展而无法真正体验它。虽然见证某件事需要投入一定的感情，但与参与带来的趣味性或成长性的冲击力相比，见证投入的感情其实算不上什么。

编剧的目标是创作出具有情感宣泄或感情释放经历的人物，这类人物反过来也会让观众经历这样的感觉。叙事的宣泄效果取决于主角能否完美地代表观众。观影者需要同主人公融为一体，这样观众才会觉得银幕上的旅程仿佛是在自己的生活中展开的。如果取得成功的话，这就意味着观众同角色一起经历了情感旅程，在观影结束时，观众依旧沐浴在剧中人物习得的智慧之光中。出于上述原因，讲述反传统的主角的故事则很难让大众得到情感的宣泄。每一部跟《不可饶恕》（*Unforgiven*，1992）一样成功的影片背后都有几百部跟《猛龙怪客》（*Death Wish*，1974）一样的失败之作。反传统的主角与观众有距离感，因为观众认为自己大体上算是个好人。基本上，讲述反传统的主角的电影都会赋予这样的角色一定的人性，而一部旨在宣泄的电影需要一开始就出现一位有血有肉的人物。

在这里需要指出一点，并非每部电影都得让观众体验到情感的宣泄。不过那些优秀的影片，比如获过奖、受到好评、赢得大量忠实观众的作品，的确会让观众体验到什么是新生、什么是救赎、什么是深刻的感觉。

观众与主角之间存在一定程度的关联，这种关联会使后者增强对前者的宣泄作用。要达到这种关联需要几种元素之间的相互配合。为了确保宣泄的效果不打折扣，所有元素都必须存在。

一、具有相关性的人物的特点

善良

不管行事方式如何，大多数人都会认为自己大体上算是个好人。故事给人的幻觉便取决于此。观众所做的选择源于自身向善的基本欲望，以及自己所受影响的圈子。他们无法将信任寄托给一个不向善的主角。好莱坞有句俗话："观众在意的角色是那种他会关注身外之事的人。"这句话隐含的意思就是，片中的人物不是自恋狂，他们有一颗为他人着想的心。

值得一提的是，人物对道德的理解可能是错误的，但即使无知，他也需要抱着诚挚之心施行善举。此类型的人物有一个典型的例子，即《怪兽电力公司》（*Monsters, Inc.*, 2001）中的"毛毛"苏利（Sulley）。在影片开头，苏利和其他怪兽一样，对人类的危险性持有偏见。他十分相信"惊吓工厂"的上司们所说的话，因此思想也受到了他们的操控。我们看到苏利时这些信息早已给出，凭借直觉我们还是认为他算个好人。他真的非常关心朋友，厌恶做伤害他人的事情。他吓小孩是因为自己的无知，而非出于恶意。

接下来这一点至关重要。相关性的要求是，编剧要把主角的缺陷铺陈在他的愚蠢、无知或软弱之中，不要让观众觉得主角的缺陷源于他对邪念的偏好。正如亚里士多德所言："最有感染力的剧情是好人由于软弱或愚蠢而遭受厄运。"

角色愚蠢的根源在于他同黑暗势力的斗争，按七宗罪去想，很容易就能想到。永远不要把主角写成彻头彻尾的好人，把反派写成彻头彻尾的坏人。两者的区别在于各自内心进行的斗争——这才是主角的标志。主角与黑暗势力的斗争才是让他跟观众产生契合的地方。反派拥抱黑暗势力，主角则厌恶他们。反派的真正可怕之处是，内心的斗争不会让他转变或分心。

反派也可能会光彩迷人，比如汉尼拔·莱克特（Hannibal Lecter）。可如果我们把《沉默的羔羊》（*The Silence of the Lambs*,

1991）视为学习的对象，那么克拉丽丝（Clarice）就是我们需要的主角——她表现英勇，具有自我审视能力，道德观也基本合格，我们跟随她经历了一场冒险。

得体

我们的社会跟传统观念及道德规范渐行渐远，要解释这个关键的概念则变得很困难。说某个角色要得体，其实就是说角色必须让观众觉得值得信赖、冷静理智。得体的意思是，观众觉得人物的视角合情合理，由此信任这个人物并接纳他。得体的角色可能会表现出古怪的特质，但不会产生那种倒人胃口的怪异感。

角色需要得体是因为人们从心底十分害怕自己看上去像一个傻子。没人想当那个杵在餐厅正中央、鞋上还粘着一长串厕纸的倒霉鬼。得体的角色会让观众觉得自己处在安全的位置之上，受到了悉心的照料。观众可以感受被挑战的滋味，然而欺骗他们或让他们出洋相则万万不行。

要建构得体这一特点，编剧应该让观众在影片前半部分看到人物能够对周遭世界的真实情况做出正确的评估，而我们需要勇气及真相。这就像《海底总动员》（*Finding Nemo*，2003）中尼莫（Nemo）的爸爸马林（Marlin）战战兢兢地警告儿子，大堡礁之外的水域潜藏危险。这也像阿甘一遍遍地说，"我不是一个聪明的人"，以及卓别林在《寻子遇仙记》（*The Kid*，1921）中饰演的小流浪汉，猛然明白那名弃儿有其先天的价值和尊严一样。《音乐之声》（*The Sound of Music*，1965）里的玛利亚（Maria）用《我有信心》（*I Have Confidence*）这首歌重新鼓舞了士气，也是同样的道理。

一致性

要取得他人的信任，最重要的是要做到不辜负他人的期望。观众需要清楚主角的动机，才能明白他行动的原因。观众若缺乏对动机的了解而溜进了叙事之中，那么用任何方法都无法干扰他。人物需要以"比真实更美好"的方式呈现出前后一致性和令人易懂的特质，这一点对现实中的大多数人而言是无法做到的。

在创作人物时，若想保持一致性，编剧必须确保人物会偏执地想要实现特定的目标。故事世界能够丰富地呈现每一个针对人物的基本欲望或需求而拍摄的场景或选择。亚里士多德将其称为"情节的统一性"，这是保持故事凝聚力的关键组成部分。即使外部问题多而杂，在整个故事中，拥有一致性特点的角色也只能解决一个主要的内心问题。

一致性还有另外一面，那就是人物通常会表现出某个显著的特质。《死囚漫步》（*Dead Man Walking*，1995）中的好心修女海伦（Helen）遇到他人的求助时从不拒绝（这个特质源自她的本性和生活状态）。最初她当修女也是出于无法拒绝的原因，结果在她为穷人付出的一生里，更多的"无法拒绝"随之而来。这样的势头也解释了当死刑犯马修·庞斯莱（Matthew Poncelet）向她求助时，她为何没有拒绝。

此外，亚里士多德认为，就算人物的缺陷呈现出不一致的特征，为了让观众能充分理解，他也需要一直保持这种不一致性。

真实性

决定观众信任与否的一个关键要素是是否拥有相似的经历。假设你被诊断患有癌症，要是有人走过来对你说，"我明白你的遭遇，因为我也曾患癌症，但我活下来了"，你会觉得这意义重大。突然间，某个人携带了某种权威的声音，这正是他们身上所没有的。

　　拥有相关性特征的角色本质上都在同普遍的人类难题做斗争，并且这个难题是被观众所认可的。角色的愚蠢行为属于一般性斗争的具体应用，而且不管文化、时代或人种有多大的差异，所有人都会对这类斗争感兴趣。这就好比《星球大战》（Star Wars，1977）中的卢克（Luke），即使故事被设定在了"很久以前，某个遥远的星系"，他还是很崇拜在自己的生命中处于缺席状态的父亲。尽管《莫扎特传》将故事设定在了十七世纪的维也纳宫廷中，萨列里（Salieri）依旧需要同嫉妒进行一场疯狂的斗争。《卡萨布兰卡》中的里克（Rick），即使在二战期间也需要克服那些曾击败自己的辛酸痛苦。只要观众认为人物所做的斗争是真实且严肃的，那人物就能赢得观众的信任。

　　一个真实的人物会向观众指明自己可能会成为怎样的人，以及社会需要自己成为怎样的人。

二、人物与人物刻画

　　角色的特点有两层表现：一层是人物，另一层是人物刻画。人物的娱乐价值吸引着我们，它存在于人物的刻画之中。相关性则存在于人物之中。这听起来有些讽刺，因为观众和人物之间建立的这种最简单的联系其实是由人物刻画的细节完成的。这种肤浅的联系不会导向信任，最终它还是会回到某个人物的特性的问题上来。这个问题起了决定性的作用，让观众与人物之间的关系变得更加深厚。

　　人物刻画包含了有关故事背景和角色真实情况的所有必要细节。

好的故事让我们知道人物是在哪里长大的，以及他有多聪明。我们还需要知道他开的车是1978年产的"科迈罗"，此外，他还是一个化学博士。你还可以往电影里添加一些有趣的事情：他支持波士顿红袜队，在闲暇时间里他经常去野外观察鸟的习性，等等。

在好的故事里，我们能看到矛盾使人物复杂化。留着圆发髻、身材苗条的图书管理员下班后骑着亮眼的红色杜卡迪摩托车在公路上全速奔驰。满口獠牙、全身蓝色的巨型怪兽极其害怕婴儿。钢琴演奏家是一名盲人。戴着一副眼镜、口吐法律术语的法官爱搜集古怪的布谷鸟自鸣钟。

所有的事实都以人物为中心建构世界，并提供各种工具供人物解决自身即将面临的危机。这些事实虽然能让观众对人物更感兴趣，但并不一定具有相关性。

相关性本质上还是与信任有关。某个人获得了工程学学位，如果设计电梯，他也许很可靠。可是在要不要请他照看孩子这个问题上，学历与之毫无关联。请谁来照看孩子与这个人的性格怎样有关。这跟观众是否会认同主角很相似。

在故事发展的前期，编剧应该将人物起决定性作用的正面价值告知观众，这样观众才能信任角色。起决定性作用的价值包含如下问题的答案：这个人会为了什么而亡？他们会为了什么奉献自己的一生？单独一个人时，他们会怎样表现？遇到危机时，这个人会如何表现？编剧需要思考上面所有的问题。

并非认同那些起决定性作用的价值的观众才会真心喜欢某个人物，但观众需要明白人物是有这样的价值的，而且人物最终会朝好的方向发展。

三、人物想要的是什么，需要的又是什么？

我们常常给编剧这样一条批注：我们不确定人物到底想要什么。这条批注很重要，因为故事的核心是将人物想要的东西转变为人物需要的东西。对人物做出的蠢事，观众需要真正地理解，才能搞清楚人物发展的方向、人物想要的东西，以及推动人物进入故事的核心剧情。这样的东西最好是有形的、具体的：在《圣诞故事》（*A Christmas Story*，1983）中，它表现为一把红色的BB枪；在《阳光小美女》（*Little Miss Sunshine*，2006）中，它表现为希望在选美比赛上夺冠；在《公主新娘》（*The Princess Bride*，1987）中，它表现为报复那个长着六根手指头的男人。人物想要的东西常常呈现出自私的特性，却又有惹人喜爱的地方，正是这些推动着剧情的发展。人物的目标取决于他们想要的东西，同时它又推动着故事的发展，演员则将之转化为自身的"动机"。因此，让你的演员有事可做，这一点十分重要！故事开始的标志是人物想要的东西被观众识别，而故事发展的标志表现在人物通过制定计划得到想要的东西。

如果人物想要的东西无形而抽象，那么故事就会出现很大的问题。比如，人物想得到大家的理解或希望世界和平这种被动、不具体的要求就是一个很大的问题。这些东西很难用视觉化的方式呈现在银幕上。同样，人物对自己想要之物的追求过程也必须做到具体和清晰。

编剧还会碰到一个问题，那就是他们没有说清楚为什么人物无法实现自己的目标。这个问题必须讲清楚：在人物和他想要的东西面前，是什么样的内部和外部阻碍横贯其中？故事的起伏描写的就是阻碍的形式及复杂性。

《爱探险的朵拉》（*Dora the Explorer*，2000-2015）这类程式化的少儿节目能广受欢迎是有原因的。朵拉想要什么？她想让猩猩宝宝回到妈妈的身边。朵拉的计划是什么？她打算跨过彩虹大桥，穿过黑暗森林，最后进入绿色的丛林抵达大猩猩妈妈的房子。即使你的故事更复杂，人物的行动计划也应该清晰明了。尽管《指环王1：魔戒再现》（*The Lord of the Rings：The Fellowship of the Ring*，2001）的故事精彩绝伦、篇幅宏大，但终究可以将其概括为一个有明确目标的霍比特人，要把魔戒扔进末日山的火焰之中的故事。

如上所述，很多时候，人物想要的东西可能看起来给人很崇高的感觉，可是它不一定对人物有利。随着故事的发展，人物刚开始想要的是这个东西，而后来他们会明白自己需要的其实是另一样东西。人物的需求常常具有内在性，但不会是抽象的。需求是推动人物内在转变的动力。人物经常搞不清楚（至少可以这么说，但不会一开始就这样）自身的需求，而观众一般在第一幕的开始阶段就对人物的需求有了深刻认知。

当主角展开这场蜕变之旅后，他会随着这趟旅程明白自己想要的东西并非自己需要的东西。事实上，他必须牺牲自己需要的东西来换取自己想要的东西。

在悲剧和反传统主角的故事里，人物从好到坏的转变是通过牺牲自己需要的东西换取想要的东西这样的手段实现的。坏人会不顾一切地追寻自己想要的东西。

《圣诞故事》里的拉夫（Ralphie）想要一把红色的BB枪当作自己的圣诞礼物。他觉得自己要是没有得到它的话，圣诞节就被毁了。

可当他得到这份礼物之后发生的事情跟大家预想的一模一样——他射伤了自己的眼睛！随着故事的发展，他明白了一个道理，即自己想要的东西并不一定是自己需要的东西。他需要的是同家人一起庆祝圣诞节——小狗吃了火鸡后，他们一家去中餐厅欢庆节日。[①]

以下问题值得我们思考：

● 人物想要什么？

● 他为什么想要这个东西？

● 他为何得不到它？

● 他努力想得到自己想要的东西，因此他会付出什么？

● 是什么样的内部因素阻碍了他得到自己想要的东西？

● 外部的因素又是什么呢？

● 他最终成功了还是失败了？

● 人物需要的又是什么？

● 他所需要的东西推动着他不断前行，因此他会做些什么？

● 在何种契机下人物意识到了自己的需求（如果有的话）？

● 在获取自己所需之物的道路上，他会遇到什么样的内部阻碍？

● 他会牺牲自己想要的东西去换取自己需要的东西吗？那反过来呢？

---

① 由于导演没有把整个结尾剧情讲清楚从而使观众产生了理解障碍。在影片结尾，拉夫拿到BB枪后到后院玩射击，结果射伤了眼睛，回到厨房后妈妈将他带到楼上搽药。随后邻居家的狗冲进厨房，把他的妈妈准备的火鸡打翻并吃掉了。最后他们不得不去仍在圣诞节营业的一家中餐厅吃饭。

四、背景故事：人物是怎样一路走来的？

在前期写作时，最有益的做法是为你的人物创作背景故事。我们发现编剧要是没有给人物创作出足够多的背景故事，他们往往会在人物间的对话和冲突之中苦苦挣扎。创建更好的潜文本，发现人物的内心声音，这些与背景故事紧密相连。如果你正为该怎么写对话而苦恼，你不妨先创作一些背景故事，找到角色的"声音"。

对于每一个主要角色，你起码应该知道：

● 他们在何时何地出生？他们所处的世界是什么样的？

● 谁在抚养他们？每天吃晚餐时，他们家里是怎样的情形？

● 他们家里的经济状况如何？

● 他们有多聪明？教育程度如何？

● 他们在闲暇时间里大多干些什么？

● 是什么样的重大事件造就了他们今天的模样？

我们的朋友，编剧巴兹·麦克劳克林在《编剧过程》一书中给大家提供了一些很棒的有关背景故事创作的练习。其中，最好的一项练习叫作"里程碑事件练习"（The Milestone Exercise）——从人物出生那天算起，确定六到八个影响人物现今生活的里程碑式的事件。是哪些关键性时刻造就了这个角色？对于每一个关键性时刻，巴兹建议从人物的视角出发，写一段描述某个事件的内心独白。

在创作两个或三个人物之间的背景故事时，你应该搞清楚他们之前相遇的地点和方式，以及遇到的情况和冲突。如果进行了上述练习，你很可能会发现两位主角在过去有交集。如果两位主角是在剧中故事发生后才相遇的，那么你应该从他们各自的背景故事中寻找张力。例如，其中一个角色养了一只巨大的圣伯纳犬，因为她在小的时候，觉得大狗能让自己有安全感。另一名角色则非常怕狗，因为四岁时她被狗咬过。

对背景故事的熟悉程度也会影响故事的开始。导火索事件引燃故事，作为重大事件，它改变了主角的平凡生活。故事应该在导火索事件发生之前开始，这样编剧才能用最佳手法把这个瞬间是如何改变主角生活的这一段落建构起来。我们常常发现编剧把故事开始的时间设定得过早，使故事在开始时就充斥着过多不必要的信息，从而陷入僵局。随着观众对人物愈加了解，背景故事也经由当下的剧情呈现在观众面前。

还有一个具有讽刺意味的问题是：如果剧本充斥着过多的研究和背景故事，反而会影响以某个主题为核心的简单叙事。传记式或讲述"真实生活"的故事的缺点表现在其"片段式"的特征上——编剧尽可能多地添加大量时髦的背景故事，最终却与主体故事关注的焦点毫无关联。斯皮尔伯格（Spielberg）导演的《林肯传》（*Lincoln*，2012）就属于这类电影。你分不清楚该片到底是林肯传还是萨迪乌斯·斯蒂文斯（Thaddnes Stevens）传，而且片中大量酷炫的视觉影像和手法高明的片段反而令电影显得很拖沓。观众不清楚该怎样把这些碎片组接到一起。

若遵从亚里士多德所谓的"情节的统一性"原则，编剧就必须做出残酷的选择以满足剧情的要求。一部两小时的电影是没有足够的时间把某个人物的生平讲完的。在创作这类电影时，编剧必须搞清楚对人物起塑造作用、具有里程碑意义的重大事件，同时也必须被迫放弃许多时髦的内容，将之留在"大脑剪辑室"中。

如果发现自己在讲故事上苦苦挣扎，不断用其他背景故事来解释当下发生的剧情，你可以尝试一下下面的两种方法：一种是创作一些场景，将其设定在背景故事中，目的是为当下的剧情寻找方向；另一种是将故事转化成背景故事。最好的故事其实是讲述了一个人的生命中最具改变意义的惊人时刻。如果人物的过去（或未来）比当下更有意思，那么你最好把故事改一改，让它围绕那个时刻展开。

五、找到挥之不去的矛盾

主角跟观众建立共鸣关系后，故事要想给观众带来朴实的乐趣和消遣就只能依靠主角身上蕴含的矛盾性了。我们爱看故事的理由有很多，其中一个是我们爱跟有魅力的人交朋友——这些人作为片中角色，由编剧带至我们的生活中。要想让观众觉得人物有意思，关键的一步就是把人物变成一个活灵活现的矛盾体。

"矛盾"这个词源自希腊语，意为"多想想"。作家兼神学家的G.K.切斯特顿（G.K.Chesterton）非常擅长创作有趣而荒唐的矛盾，借助这一手法，他诱导读者思考那些重要的事实真相。他曾写道："矛盾乃真相，它倒立着，乞求得到关注。"

也就是说，街上站着一个人，你可能与他擦肩而过，根本不会再看他第二眼。可是如果那个人毫无征兆地倒立，你的注意力便会突然集中到他身上。这个人就会立刻从无趣的状态转变为有趣的状态。

同样，往人物的内心置入矛盾会让这个人表现出有趣的内心冲突，这样的冲突令他向自我开战，并提供堆积如山的"食材"供观众尽情地享用。

最好的矛盾是将人物身上最坚韧的品质变成最困扰他的缺点。如果人物没有失去自身最大的优势，上述特征是无法仅凭主观意志就消失的。反转也是一件有趣的事情，先让观众歆羡某个品质，再让他们为之惋惜。

一些优秀的银幕角色就具有上述的二元特征。《乱世佳人》（*Gone with the Wind*，1932）中的斯嘉丽·奥哈拉（Scarlett O'Hara）拥有钢铁般的意志，也正是这份意志让她从南北战争中活了下来。矛盾的是，她的坚强却令她无法逃离对艾希礼·威尔克斯（Ashley Wilkes）荒谬、苦难的爱恋。

《尽善尽美》（*As Good as It Gets*，1997）中的梅尔文·尤德尔（Melvin Udall）爱慕着卡罗尔（Carol）。他的洞察力不仅能让自己识别卡罗尔的需求，还能满足她。矛盾的是，也正是这份深刻的洞察力使他常常说一些尖酸刻薄的话，从而导致卡罗尔（以及其他人）慢慢疏远他。

在《巴贝特之宴》（*Babettes gæstebud*，1987）中，姐妹二人的宗教信仰使她们不得不为避乱而来的巴贝特敞开家门。矛盾的是，也正是这份狂热的信仰让二人差点儿将巴贝特想与之分享的"饕餮盛宴"拒之门外。

在《海底总动员》中，马林对儿子的担心最终使他为了儿子游到海角天涯。矛盾的是，也正是马林这份过于急切的担心导致小尼莫游过了大堡礁，落入一艘轮船的网中。①

每个人物由于内在的矛盾而进行着自我斗争。这是目前能看到的

---

① 实际上在电影中，尼莫落入了潜水员的网中。

最吸引人、最令人生畏的一种斗争，它能孕育出十分有意思的故事。

六、人物练习

1. 写出你所创作的人物的五个次要特征——这些是人物刻画的一部分。如果这些特征在现有的人物身上出现过，请稍做修改，使这些特征焕发新的生机。比如，一个漂亮的金发女孩有些口齿不清，爱在食物中放洋蓟橄榄酱。

2. 用一两句话描述人物的主要特征，再写一个具有冲突性和矛盾性的斗争。这个斗争源自人物的主要特征。比如，蔬菜什锦餐厅的大厨竟然是一只老鼠。

3. 列出至少五个你创作的人物会做出的主动选择。这五个选择应展现人物的个性。比如，他踢妹妹的狗。接下来再列出五个选择，尽可能多地把这些选择整合进你的故事中。

4. 列出人物身上发生过的极其糟糕的五件事情，并阐明为什么这些事情会让他备受压力。然后往你的故事里添加至少三件这样的事情。

5. 给你的人物选定一首主题曲。它会是《我的道路》（*My Way*）、《快节奏的生活》（*Life in the Fast Lane*）、《别担心，高兴些》（*Don't Worry, Be Happy*）这样的歌曲，还是其他类型的歌曲？

第六章
关于对话的批注：比现实更美好的言语

批注：

- "现实生活中的人不会这样说话。"
- "对话写得真的太低劣了。"
- "对话听起来太老套了。"
- "人物说的话听起来都一样。"
- "人物一直说个不停。"
- "尴尬的解释太多了。"
- "片中的每个人物都是想到什么就说什么。"

对话是必要的邪恶存在。

——弗雷德·金尼曼（Fred Zinnemann）

电影故事的第一法则是剧情的视觉化。在早期的默片时代，那些最优秀的故事得以在银幕上呈现是因为它们不会受到对话的约束。对话是故事的关键组成部分，然而它的地位在电影故事里反而被夸大了。实际上，对话会妨碍故事的发展。在写对话之前，编剧必须让人物表现出说服力，让以对话为依托的剧情不出任何错误。好的对话是人物和情节的必要补充。

故事比现实生活更美好，电影中对话美好的原因是它非真实的言语。对话把作为艺术的语言呈现给了我们，而艺术呈现需要时间、练习、才华和思考。如果现实中的语言是朴素、直接、模棱两可和不可言喻的，那么对话则是简洁、精炼、权威、有寓意、有节奏感、充满说服力和风趣感的。

人物说话的方式应该跟他想要的和需要的东西有直接关联。所以，假如某个人物希望得到他人的认可，那么他的言语中应该更多地呈现胆怯和讨喜的特质，而非满是对抗性和自以为是的感觉。假如某个人物希望做自己，那么他的言语中应该透出唐突、肯定和挑衅的意味。总之，你必须把人物的特征搞清楚后再着手写对话。

以下是对话比现实的言语更美好的具体体现。

一、设计对话是为了能让人听到

对话应该是用来给大家听的，正是这个特质才能让观众记住。不同人物的语言表现出不同的韵律结构。假如把他们想象成乐器的话，有些人的声音像小提琴，有股牢骚劲儿，音色尖亮，而有些人的声音像贝斯，隆隆震动。如果将人物的声音进行对比，我们可以体会到不同的情感效果。

想一想马龙·白兰度（Marlon Brando）饰演的教父。他的声音浑厚、缓慢、刺耳，与他身边的人所发出的声音形成了强烈的对比，这让他在影片中更有存在感。

如果你收到的批注这样写道，"人物说的话都一个样"，有一个简单的修改方法，那就是让你的人物说话含糊不清或带着口音，或者说话时一顿一顿的——用各种方法打破这种单调的语气。

人类喜爱重复。我们拥有发现模式（patterns）的能力。在听到这些模式后，我们会享受它们带来的乐趣。海滩男孩（The Beach boys）[1]的成功还有其他的原因可以解释吗？他们创作了数以万计的抓耳旋律，把一些傻傻的词语模式注入歌曲中，例如"芭—芭—芭—芭—芭—芭芭—芭芭拉·安"或"救救我朗达，救救—救救我朗达"。

根据电影的不同分类，对话中的词语重复或措辞模式也会呈现出不同的形态。台词本身如果过于抢眼，说明你可能写得太过了。不过这种文字游戏可以给电影制造趣味性。

节选自《巴顿将军》（*Patton*，1970）

巴顿（Patton）

打胜仗靠的不是为国牺牲。打胜仗靠的是让那些可

怜的混球为他们自己的国家牺牲。[2]

节选自《双重赔偿》（*Double Indemnity*，1944）

菲利斯（Phyllis）

---

[1] 美国二十世纪六十年代的摇滚乐队。作者举例的两首歌分别是《芭芭拉·安》（*Barbara Ann*）和《救救我朗达》（*Help Me Rhonda*）。
[2] 原文中，两句话的措辞在"his"。第一句话中的"die for his country"指的是我方，第二句话中的"die for his country"指的是敌方。

我在想自己是否搞清楚了你话中的含义。

沃尔特（Walter）

我在想你是否是这么想的。

节选自《好人寥寥》（*A Few Good Men*，1992）

丹尼尔（Daniel）

我想知道真相！

杰塞普上校（Colonel Jessup）

你接受不了这个真相！

节选自《亡命天涯》（*The Fugitive*，1993）

理查德（Richard）

我没有杀我的老婆。

塞缪尔（Samuel）

我不管。

节选自《拜金一族》（*Glengarry Glen Ross*，1992）

艾伦诺（Aaronow）

你只是在说这件事，还是我们？

莫斯（Moss）

不，我们只是……

艾伦诺

我们只是说说而已。

显然，现实中的人们不会这样说话。我们在现实生活里不会这么耐心地一直重复。正是这种绝妙的、比现实更美好的对话让观众忘掉了以这种方式说话的人也许该送到医院去接受一下治疗。

二、 设计对话是为了让演员能表演

表演，又见到这个词了。戏剧故事应该呈现出趣味性。台词不像现实中的语言，它需要足够有深意，这样演员才能在其中发现有意思的东西。它需要展现手势和表情，需要一种揭示人物内心活动的行文风格，演员借此才能有表现夸张、低调和情绪的发挥空间。演员希望看到内容丰富的台词，并对其进行探究，找到三四种方法来演绎。编剧创作的台词必须建构出一个足够稳固的构架以支撑演员的情感。

三、 对话具有冲力

在现实生活中，如果妻子想给丈夫分配一堆任务，她不会停下来，以某种层级的方式分派，她会想到什么就说什么，不会考虑要有什么样的情感效果。对话场景是一种曲线般的建构，也就是说，谈话缓缓开始，通过冲突建立起来，到最后角色会说："这就是我为什么要离开你的原因！"接着，场景切换到她去咨询离婚律师。一个以对话为基础的优秀场景能有效地将悬念整合打包，它所服务的故事也应如此。

四、对话作为一种权威的声音

现代生活令人最厌烦的一点就是媒体向我们推送的各种文字，而且这些文字大多数都没有什么用。正如陀思妥耶夫斯基在他的经典著作《卡拉马佐夫兄弟》（*The Brothers Karamazov*）里所言，人性中存在着一种极其强大的推动力，即人们想寻求可以信任的人。大致来说，人类都有恐惧感，渴望将命运交由能讲真话的人，因为这样的人不会话里有话或闪烁其词。

好的对话吸引人的地方在于，人物发出权威的声音讲真话，并且他的语言充满智慧。片中人物常常在对话里将自身和盘托出，现实生活中的人很少会这么做。的确，当今许多意见领袖的发言词中呈现出审慎感和严谨的语法规范，可与之不同的是，一个"言之无物"的角色通常会成为影片中的笑柄，总会受到嘲笑和蔑视。

人物之所以能吸引我们是因为他们充满激情，每一天都比普通人活得还要激情澎湃。正是这份激情让他们陷入麻烦之中，也正是这份激情让我们犹如寻找牧羊人的绵羊一般被他们吸引。对话蕴含的挑战表现在如何让人物能够愉快地、清晰地、有说服力地表达自身的强烈情感，而不用让人物呈现出朴实平庸的样子。

我们非常喜欢片中的人物用令人过目不忘的方式讲真话，并将自身和盘托出。

节选自《卡萨布兰卡》

里克

在这个旧世界里，三个小人物的问题一文不值。

节选自《乱世佳人》

梅兰妮（Melanie）

婴儿降临的日子是最令人开心的。

节选自《日月精忠》（*A Man for All Seasons*，1966）

托马斯（Thomas）

如果我们生活在美德能给大家带来好处的国家，那么常识就可以让我们变得圣洁。可是我们发现，比起仁慈、谦逊、正义和思考，憎恶、愤怒、骄傲和愚蠢能为大家带来更多的好处。所以，我们绝对不能让步——哪怕冒着做英雄的风险，也不能让步。

五、对话运用比喻

比喻是一种教学的工具。比喻最大的优点就是，比起你试图说明的实情，它显得更加直接明了。老师绞尽脑汁想各种精彩的比喻，以此帮助学生消化那些复杂的概念。优秀对话的吸引点出现在人物将完美的比喻编织进他们的言语中时。你可能三周后在洗澡的过程中才能想到这些，然后你希望时间能够倒流，把精彩的比喻聪明地融入对话中。

节选自《甜心先生》（*Jerry Maguire*，1996）

杰里（Jerry）

你要不要这件夹克？我不需要了。因为它穿在我身上实在太难看了！

节选自《连锁阴谋》（*Conspiracy Theory*，1997）

爱丽丝（Alice）

那个人跟禁令一样，就等着爆发了。

对话片段中出现的最有名的比喻来自比利·怀尔德（Billy Wilder）导演的经典黑色电影《双重赔偿》。在其中的一场戏中，弗雷德·麦克莫瑞（Fred MacMurray）饰演的沃尔特正准备向芭芭拉·斯坦威克（Barbara Stanwyck）饰演的已婚女人菲利斯搭讪。沃尔特想看看菲利斯敢不敢来一场婚外情。菲利斯狠狠地回击了沃尔特，让他无言以对。

沃尔特

假设你从摩托车上下来开了张罚单给我？

菲利斯

假设这次我让你走，只是为了警告你一下？

沃尔特

假设我不接受呢？

请再次注意对话里的重复模式"假设……""假设……""假设……"，它将优秀的对话所具备的两大特点融合在了一起，让场景听起来具有愉悦感，令人"过耳不忘"，也让演员演戏的时候能在其中找到乐趣。

六、对话运用潜台词

有这样一个说法，人们什么都谈，就是不谈房间正中央坐着的那头大象。人们不愿谈论明显的问题或议题，因为他们觉得这样的事情很难应付，或者自身缺乏谈论的勇气，又或者他们不知从何而谈。

假如现实中的人们不愿谈论自己的真实情感，那么片中人物该透露多少这样的情感呢？

对话应该揭示人物的心理活动。与现实里的谈话不同的是，对话会把让人物内心撕裂的心理冲突全部展现出来。当人物陷入重大的斗争中时，他们几乎不可能说清楚为什么自己会遭受这样的磨难，或为什么自己又做出了这种糟糕的选择。要是他们最后确实说了令人心痛的真话，这应该被视为激烈的抗议——像火山爆发一样对着房间内喷射言辞。

剧本中最有意思的地方在于人物绕着弯子说自己想要的和需要的东西，因为观众凭直觉就知道片中人物无法说出那些真相。

下面三组对话的潜台词分别是什么？每组对话向你透露了哪些有关角色的信息？

节选自《费城故事》（*Philadelphia*，1993）

德克斯特（Dexter）

我以为所有的作家都爱酗酒，爱打老婆。你知道吗，我曾暗自想当一名作家。

节选自《侏罗纪公园》（*Jurassic Park*，1993）

伊恩（Ian）

我一直都在找下一位前马尔科姆太太。

节选自《当哈利遇到莎莉》（*When Harry Met Sally...*，1989）

咖啡馆里的一位女士

我要喝她喝的那种饮料。

七、对话的存在是为了形成冲突

我之所以创作戏剧，是因为写对话是唯一一种能反驳自我的体面方式。我把自己放到某个位置，反驳之，然后推翻这次反驳，最后再反驳推翻了的论证。

——汤姆·斯托帕德（Tom Stoppard）

在现实生活里，我们与他人交谈的目的是为了交换信息。在戏剧中，人物交谈的目的是形成冲突。编剧需要有意识地将对话场景视作一场拔河比赛。对话应该包含表层和深层的议题。这是一场用简洁和愉悦的语言进行的战斗。

毁剧本的陈词滥调

一般而言，A等剧本和B等剧本的差距可归结为编剧把多少陈词滥调或委婉的言辞用在了自己的作品中。这类剧本的语言大多非常老套，只会让读者哈哈大笑。为了让你的作品免受鄙视，请不要使用以下这些句子：

1．"看，（接任何东西）。"

2．"你的意思是……"（很害怕地问对方，并且对一些很明显的事情只说一半）

3．"你看上去像见了鬼一样。"

4．"这不是有关（接任何事情），而是有关（接任何事情）。"

5．"我们得离开这儿！"

6．"这件事情我只说一次……"（之前已说过很多遍了）

7．"你为什么会……你在发抖。"（这句话是由一个正要亲吻女孩的乡下男孩说的）

8．"这只有一个意思……"（观众早就弄清楚了）

9．"她活在谎言里。"（大家都清楚这一点）

10．"别再责怪自己了。"（说这句话的时候，这个人正在责怪自己）

11．"噢，你不该这么破费！"（这句话是从一名刚收到礼物的女孩口中说的）

12．"每个人都有自己的价值。"（这句话是由想收买他人的角色说的）

13．"你的生活还得继续。"

14．"我们都想到一块儿去了吗？"（好吧，我认为你缺乏原创性）

15．"我需要有人助我东山再起……"

16．"你算老几？"（这句话是由一名缺乏安全感的马屁精说给主角听的）

17．"你在跟谁说话呢？"（这句话是由一名缺乏安全感的马屁精说的）

18．"我打娘胎里就准备好了。"

19．"你不准死！"

20．"我这就给你看。"（这句话是由一个生气的倒霉蛋说给另一位有钱人听的）

21．"_____的哪个部分你没弄懂？"

22．"没门儿！我要跟你去！"

23．"怎么了？你可以跟我讲一讲你的遭遇。"

24．"你竟然对我做了这种事？"

25．"不要扑灭你的梦想之火。"

26．"加油！"

27．"我不敢相信这件事情居然真的发生了。"

28．"我不想知道。"

29．"这件事情我已经说了几百遍了……"（是的，我们也听到了）

30．"我把你当成我最好的朋友。"

31．"我对你的感情至死不渝。"（也许你可以改写一下这句陈腐的话）

32．"为什么我觉得好像跟你认识了很久似的？"

33．"不管明天会遇到什么……"

34．"忘了我吧，我会给你带来麻烦的。"

35．"我到底还要说多少次这件事情？"（不说最好）

36．"我可以解释！事情不是这个样子的！"

37．"不要骗我。"

38．"我们/你们/他永远无法成功！"

39. "你就这点儿能耐？"

40. "_____是我的中间名。"

41. "他就站在我的身后，对吗？"

42. "我这个年纪已经不适合干这种事儿了。"（这句话是由苦恼的律师/警察局长/其他人说的）

八、对话写作的建议与练习

● 假如故事可以用图像来表示，就别用对话。对话的运用应该是有节制的。你应该用更为视觉化和主动性的方式去揭示角色想要的和需要的东西。你不应该让人物描述什么样的橄榄球运动员才是伟大的，你应该展现运动员是如何擒住对手的。

● 用问题回应问题。找各种方法让人物透露更多的潜台词。通常，最好的方法是不要让他们获取自己需要的全部信息。用问题回应问题是制造紧张感、令对话更有趣的一个好办法。

例如：

鲍勃	鲍勃
你怎么在这里？	你怎么在这里？
萨莉	萨莉
洗衣服啊。	你为什么总是管我？
鲍勃	鲍勃
哦。	你为什么总是要这个样子？

● 潜台词可以表达的意思，人物不需要直接说出口。对话是为了增

强场景的紧张感。

• 如果你想让人物直接说出自己想说的话，那就让他们更进一步，说出一般人在现实生活里不敢说的话。创作正剧或某些喜剧时，编剧需要让一些人物向另一些人物吐露残酷的事实——人物隐瞒的一切都将公之于众。这些场景一般是由前面的潜台词中包含的冲突导致的。通常，这些场景展现的是观众一直以来对某个人物的看法。

• 不要写完整的句子。对话不可能做到在语法上完全正确，除非你是在为格兰瑟姆公爵夫人（Duchess of Grantham）①写台词。对话一般是由碎片化的简洁短句以颇具节奏感的形式合并在一起的。

• 避免使用填充性和过渡性的词语。像"是的""嗯""看""好吧""也许"这样的词语应该删掉。演员有的时候会把这些词加进台词里，但在剧本的原稿中，你应该避免这样的情况出现。

• 对话应该尽量具体。精彩的剧本，尤其是喜剧剧本，靠的是视觉化的具体指涉。某个人物说"你是个可怕的人"，这句话不如这个人物说"撒旦（Satan）肯定愿意让你当他的走狗"这样的话有趣。

• 修改对话中的用词。伟大的编剧会不断用更好的方法修改自己的对话。有时这意味着改变词语的顺序，有时则意味着寻找更生动的词语。

• 避免过多的解释。我们都见过这样的场景：某个人把之前发生过的事情讲述给另一个人听。讲述，为的是让另一个人赶上事件的进度。解释有时无法避免，但在大多数情况下，有比这更好的办法解决这样的问题。

---

① 《唐顿庄园》（*Downton Abbey*，2010-2015）中出现的人物。

● 避免提及人物的名字。除非片中的人物是初次见面，否则不要过多地提及人物的名字。

● 避免陈词滥调。陈词滥调就是你之前早就听了上万遍的话。就像这句话中的"上万遍"，你早就听过无数遍了。陈词滥调的缺点在于它会让观众出戏。你应该把这些陈词滥调转换成更具原创性的构思。

第七章
关于主题的批注：美好、伟大与丑陋

> **批注：**
> - "这个故事到底讲的是什么？"
> - "这个故事缺乏主体构架。"
> - "我为何要关心大百年前发生的事情？"
> - "结尾不太令人满意。"

在《诗学》中，亚里士多德把主题列为戏剧故事中第三重要的元素。对主题性质的混乱认知能毁掉许多剧本，因为主题是组织整个故事的关键元素，尤其是故事包含的第二个层面，即剧中人物的内心旅程。如果你没有很好地掌控主题，你则完全不知道幕与幕之间该在哪里落止，故事应该在何时结束。

在一个成功的故事里，"愉悦"的独特特点可以这样解释——它是隐藏的真实或真相的猛然一瞥。它并非只是现世的悲哀的安慰剂，而是一种满足的体现，是"这是真的吗"这一问题的答案。

——J. R. R. 托尔金

故事的主题是编剧做的有关人性和人世的深层设想，将相关事件凑成一个由诸多部分构成的总体。主题让故事有了共鸣和意义。整个剧本都是围绕主题建构起来的，尤其是结构、基调、视觉风格、制作风格、演员的表演等。

通常，编剧在着手创作之前应该先有主题的概念。随着故事的发展，主题肯定也会发生变化，或者更为可能的是，一个全新的主题出现在我们的眼前。实际上，只要故事还没结束，我们就很难知道它暗含的意义，编剧则需要在执笔的那一刻就开始构想故事的主题。

主题乃一个论点

主题是一个可以用来讨论的论点，而好的主题是一个可以用来讨论的合理论点，最优秀的主题则是一个人们想急切讨论的合理论点。

"可以用来讨论的论点"这句话的意思是，故事最终表达了编剧对世界的某种看法。就主题的层面而言，故事基本上算是编剧对现世的真实看法。缓缓被揭开的故事主题犹如编剧在说"这就是我的所想"。因此，剧本要想取得成功，编剧必须对一些事情有自己的想法，然后需要有勇气将自己的想法呈现在故事里。

即使主题从客观上看不是很正确，它依然可以作为剧本的组织原则运行下去。例如《百万美元宝贝》（*Million Dollar Baby*，2004），影片的主题大意是："一个好教练为了他的选手什么都愿意去做。"这个主旨体现在影片的结尾处。由克林特·伊斯特伍德（Clint

Eastwood）饰演的教练给伤势严重的拳击手注射药物，让她安乐死，这么做是因为她对生活早已失去了希望。影片的结尾暗含了这样一个意思，即将学生杀死不过是教练有时需要再多做的一件事情而已。

然而这样的主题传达了错误的观念，而且从道德的角度上看也存在很大的问题。不合时宜的主题会让观众在离场时带着一丝不安。故事没有使观众满意，反而令观众产生了一种不舒服的感觉。有了这种情绪后，观众便不会有重复观看的欲望，电影也不会有好的口碑。毕竟，你是无法兜售谎言的。

"可以用来讨论的论点"这句话表明，故事必须挖掘到某个特定的时期所展现的时代精神。你的电影讲述的主题正是人们在办公室饮水机旁谈论的内容。

艺术作品要想成功，某些具有支持意义的人类关系是必不可少的。由此观念所构建的电影挑战了那类表现"孤独的艺术家"的电影。它提倡的观念是不管怎样艺术作品都同社会存在联系。这样的主题可以引出一个既吸引人又具有说服力的故事，只要还有艺术家存在，这个故事的保质期限就是永久的。不过它可能无法在全国或全球的电影市场上大卖。

在二十一世纪的前十几年间，有一部电影表现的主题非常优秀，这部电影就是《饥饿游戏》。这部极其成功的电影的主题是："近乎所有的人类都失去理智时，你却因为爱而保持了这份理智。"《饥饿游戏》的次级主题同样抓住了当下的时代精神——名人文化正沦为一种压迫，以及贫困在很大程度上控制了人们。该片之所以能取得惊人的成功，是因为在此时的文化节点上，所有类似的主题均会萦绕在我们每个人的脑海中。在一个缺乏领袖的前沿社会中，反乌托邦式的文学会重回大众的视野并成为时下的抢手货。

如果主题是故事的组织原则，那么缺少主题或是主题十分差劲的剧本便会使影片陷入混乱之中，缺乏基本的黏合力。

一个差劲的主题等同于一个平淡无奇或未经开发的构想

正如亚里士多德所言，人类本能地被故事吸引，因为人类是一种渴求知识的生物。我们之前也说过，故事能否成功地满足人类"模仿的本能"，需要仰仗故事本身洞察力的深刻程度。假设某部电影是围绕一个平淡无奇的想法建构的，那么观众会在故事结尾时觉得自己被骗了。你占用了他们两个小时的时间，让他们看的东西竟是他们走进电影院之前就了解的。从这个意义上看，这类差劲的主题包括：谋杀具有恶劣性质，人的意义远超于物，或许多表现"X世代"的电影所呈现的拍得十分过头且没有任何意义的背景概念，即"生活对人不公"。

还有一种糟糕的选择表现在编剧用缺少真正观点的做法替代了某种无定形的漫步式思考，这样其实是把任何观点都当作一种主题进行讲述。这就好比一个编剧说"我的故事主题是关于嫉妒的""我的故事主题是关于母爱的"，对此，大家的回答是："母爱怎么了？你想说的到底是什么？"

能用一个词概括的主题存在的问题是，主题本应为故事指明方向和提供组织原则，它却没有做到。这同时也意味着，故事对观众而言显得很廉价，编剧没有兑现应该与观众达成的承诺。

巩固主题的练习

1. 把故事主题转化为某个论点。它是可以被讨论的吗？会不会太平淡了？人们愿意讨论它吗？如果不行，你应该朝人物的转变这个方向深挖下去，让人物的内心矛盾更具说服力。例如，你远离故事本身去思考主题，如果你得出的结论是"爸爸们需要明白家庭比事业更重要"，那么这个主题就显得比较平淡了。你应该推进到人物追求事业而忽视家庭的原因这一层面上。是什么样的动机在推动着他？或许这样写会更准确一些："男人以事业为重是因为追求事业更容易一些。"这个论点人们就可以讨论了。

2. 写一个与主题对立的论点。假设你按照这个对立的论点去发展剧情，故事会发生多大的变化。对立论点揭示了你架构主题的方式存在什么样的缺陷？

3. 在故事中找出可以解释和展示主题的比喻手法或意象。例如，在李安的《冰风暴》（*The Ice Storm*，1997）中，屋外的冰风暴其实就是一个隐喻，它代表了性解放运动对片中所描绘的家庭的影响。故事所表现的性爱无法让人体味到温暖，它是冷冰冰的，甚至是致命的。

第八章
关于基调和类型的批注：步调一致

批注：
- "这像两部不同的电影。"
- "先是'哈哈'式的搞笑，接着来了一段谋杀的剧情。"
- "这部电影的目标受众是谁？"
- "你想让我们在这个地方感受的情绪是什么？"

一、类型即我们的感受

希腊语的类型（genre）是"种类"（type）的意思。你想讲什么类型的故事，这是个很重要的问题。类型非常关键，不仅能让经销商和发行商知道该怎样去销售这部电影，同时也让观众清楚他们看的到底是怎样一部影片。

人们看电影是为了感受某种情绪。为你的故事选择类型的最佳方式是思考影片想呈现的情绪。你想让观众在观影时感受到的基本情绪是什么？你想让观众有怎样的生理反应？你想让他们哭还是笑？

电影有三大类型：情节片、喜剧片和恐怖片。根据观众观影时的基本情绪，所有的故事都可以被囊括进这三个类型里。故事成功的标志是让观众体验到某个电影类型应该带给他们的生理反应。

情节片

人们观看该类电影是为了感受悲悯和同情。情节片需要的基本情绪是悲伤，而观众的预期生理反应是流眼泪。

喜剧片

人们观看该类电影是为了感受惊喜和荒谬。喜剧片需要的基本情绪是欢乐，而观众的预期生理反应是发笑。

恐怖片

人们观看该类电影是为了感受自身勇气的极限。编剧需要在恐怖片中制造的基本情绪是恐惧。观众的预期生理反应是身体产生了紧张感和恐惧感，而释放的方式可以是尖叫、流汗、躲闪，或紧闭双眼，或紧紧抓住椅子的扶手。

当问及类型时，许多新手跟我们讲他们没有考虑过这个问题，或者他们觉得自己的影片类型是杂糅式的。这就好比说，你要的那个冰激凌要么没有任何口味，要么是混合了香草和黄瓜口味。类型应该呈现出纯粹的特性。现今流行的做法是将类型进行混合，比如"情节喜剧片"。当这种类型出现时，两种基本的情绪会在故事里争取到同等的空间并引起观众同等程度的生理反应吗？很少有电影能将两种类型完美地融合在一起，大量影片最终融合的结果是令人感到混乱不堪。

我们的建议是先掌握好一种类型后再尝试融合两种不同的类型。

当然，现在我们能在故事中感受到更多的情绪，也能看到更多的故事类型。这些故事类型被称为"亚类型"。它们的数量很多，但全都可以被归入情节片、喜剧片和恐怖片这三种大的类型中，每种亚类型都有自身的细微差异。

下面是一张电影亚类型的不完全统计表格，其中还包括了每种类型的基本情绪以及各自的观众预期反应。

亚类型	情绪	反应
动作片	刺激/紧张	"哟！"
冒险片	兴奋	"哇！"
西部片	对不公正行为的震怒	"这是不对的。"
爱情片	爱情/焦虑	"啊啊啊……"
科幻片	担心	"噢噢，结局不妙了。"
奇幻片	惊奇	"酷。"

还有一些类型是服务于特定的观众的，例如家庭片、基督教电影、同志电影等。这类观众属于特定的观影人群，这类故事想要支持特定的信仰或生活方式。然而，这些亚类型电影的问题是，如果把自身想要传递的信息放到比预期的情绪或观众的反应更重要的位置上去，那么它们便会呈现出要么以某个议题为驱动力的特性，要么显得太过激烈。许多这种类型的电影仅在强迫观众发出疑问——嘿，我们（这个群体的成员）难道不出色吗？它们并没有引导出观众真实的核心情绪，比如欢乐或恐惧。对于这些特定的亚类型而言，有一个愈发重要的问题亟待解决，那就是通过触及核心的情绪找到可以言述的生

活及人性的真情实感。如果你是在这些特定的类型里编织故事，那么对你而言，讲一个精湛的故事至关重要。

二、基调是故事的节奏

尽管类型具有纯粹性，基调却可以混合。基调是类型铺展的方式。如果你写的是一部恐怖片，基调会像《驱魔人》（*The Exorcist*，1973）那样恐怖而真实，还是像《电锯惊魂》（*Saw*，2004）那样阴森而诡异，或者像《惊声尖笑》（*Scary Movie*，2004）那样有趣而荒谬？二十世纪六十年代的《蝙蝠侠》（色彩缤纷）与千禧年后的《蝙蝠侠》（色调黑暗）的不同便是基调的差异。

我们发现基调在剧本的初稿中常常被忽略了。初稿的撰写方式（甚至在动作描写的部分）在很大程度上都取决于基调。如果你写的是一部快节奏的动作电影，初稿给人的"阅读感"应该体现出快节奏的感觉，每一页的文字量要少，留白要多。

为了彻底地理解故事的基调，请把剧本当成一首乐曲。声音的三个主观属性是音调、音量和音色。

1．音调指的是一个音符或一首作品震动频率的大小。在一定的时间内，大量的声音震动会产生较高的音调。同样的道理，叙事中的基调在很大程度上是指故事能以多快的方式行进。在冒险故事片或喜剧片里面，故事的节奏犹如快速扫射的机关枪一般，电影故事飞速地前行和变化。

在情节片中，由于要制造悲悯的氛围，节拍的密集度会降低，观众在它们身上停留的时间也更长。

2．音量指的是音符的弹奏声有多大。它们是像手提电钻那样砰砰地发出声音来，还是像细雨一样温柔地落在大地上？

同样地，在故事里面，节拍可能会变强，让场所或人物发生实质性的改变（比如在动作片中）。或者，节拍可能会变得很弱，呈现出微妙的特性（比如在某些特定的情节片中）。

3．音色指的是声音的感觉特性，以此来唤起不同情绪的力量。大部分音乐家或作曲家更具备谱写某种特定电影类型的音乐的能力。

基调可以通过语言与写作风格的细微不同而确立。编剧需要使用剧本创作的策略，引导叙事要求的情绪。

三、基调与类型的练习

1．从故事里选一个场景并拿给两到三个读者阅读。观察他们阅读剧本时的状态。他们是大笑还是咬嘴唇？他们是打呵欠还是看得津津有味？如果他们有了情绪，他们感受到了怎样的情绪？你应该搞清楚是剧本中的哪些地方收到了读者的回应，并想办法增强这些情绪。

2．在创作惊悚片、恐怖片或悬疑片的故事时，你要尝试让叙事的视角受限制或呈现出不可靠的特点。当你用孩子的叙述视角观看时，故事会发生怎样的变化，会产生怎样的张力？如果以一个智障者的视角，或者一个情绪不稳定的人的视角来看呢？

3．在创作喜剧故事时，写出五个荒诞的情境并带入人物。你要怎么做才能使这些情境显得更荒诞？你要怎么做才能给每个情境加入一个令人惊讶的高潮？

4．数一数第一幕中有多少个拍子，这就是故事的"音调"。就你创作的故事类型而言，它们的数量够吗？它们是太少了还是太多了？

5．想一想拍子的"音量"大小。它对某个类型的电影而言会不会太柔和或者太激烈了？

6．为了加强类型和基调，你想在故事中加入什么样的华丽辞藻？你要尝试用更生动、更有质地感的词语来描绘场景，尝试把外部环境当作补充性的元素加入剧情中，尝试让人物的语言风格更好地补充故事的基调。

第九章
奇观是最底层的服务元素

批注：
- "这个故事中发生的事件还不够多。"
- "这里可以加一段追车戏吗？"
- "爆炸的场景太多了！"
- "故事有可看的地方吗？"
- "'嘶嘶'的声音加在哪儿了？"

电影史学家汤姆·冈宁（Tom Gunning）将早期电影视觉叙事的其中一个方面称为"吸引力电影"（Cinema of Attractions）。这个术语的意思是说，观众对影视作品的部分期待源于他们想看但从未看过的东西。"奇观"在亚里士多德的《诗学》一书中属于最不重要的元素，也是六个基本元素中排名垫底的一个。

奇观虽必不可少，却是所有故事元素中等级最低的一个，因为它需要服务于其他所有元素（其他元素却不用服务于它）。

电影故事中的"奇观"是对下述问题的回答："对观众来说，这部电影最好玩的地方是什么？"亚里士多德认为，戏剧中"好玩的地方"指的是能唤起有价值的、强烈的情感地方。在戏剧中，如果你让观众经由情节上的痛苦而感受到更大的折磨，他们便会愈发地爱你。

把奇观视为最底层的服务元素对创作而言是有帮助的，因为这意味着真正的奇观不会独立于其他元素运作。其余的所有元素都需要奇观，但奇观若服务自身便会让人觉得空洞而廉价。

自从大片时代开启之后，很多人对电影发出了控告："这部影片没有感情、没有意义，只有特效。"大众凭借本能就可以知道电影何时违背了元素层级或故事元素的规律了。

编剧应该问问自己："剧情中有什么样的奇观？"也就是说，对观众来说，剧情本身最有趣的点是什么？有趣的点一般包括了绝妙的转折和反转手法、场所的细节描写，以及故事中关键的情绪时刻。

编剧还需要注意人物本身所具有的奇观。这包括区分主角与其他角色，角色可以办到的事情，以及角色个人风格中颇具差异性的迷人一面。

主题中的奇观指的是利用视觉图像和隐喻服务主题，或者使用结构上的手法揭示主题。奇观可能包含在叙事使用的主观视角手法之中，也可能是那些展示过程的场景。你还记得《玩具总动员》（*Toy Story*，1995）中胡迪（Woody）被维修大改造的场景吗？你还记得《证人》（*Witness*，1985）中人们庆祝谷仓建成的镜头吗？大众喜爱这些展示过程的连续镜头，因为这类镜头通常可以教会人们一些东西。

不要把奇观视为"故事蛋糕"表面的那一层糖霜。事实并非如此。奇观要么是蛋糕的精华部分或是"溢出的美味"，要么是让故事情节脱轨的败笔。

奇观练习

将故事中的主要元素逐一列出。在与每个元素相对应的地方，写下相应的奇观。每个奇观都应该让观众感到对应元素具有的趣味性。如下面的表格所示：

故事元素	奇观
剧情	导火索事件的发生是由人物自身的愚蠢造成的。每一个反转剧情都与人物的四个生活目标产生回应。
人物	主角把身边的所有朋友都当成《奇幻森林》（*The Jungle Book*）里的人物。
场所	故事发生在季风时节，中国台湾的某个军事基地。
对话	主角说着一口十分不流利的中文，观众通过字幕知晓其意思。
主题	由人物的家徽符号表现。
电影特性	对汉字符号做诸多视觉上的探索。
结构	以镜头切换的方式讲述发生在功夫比赛高潮期间的故事。

第十章
关于结构的批注：你该如何揭示剧情

> **批注：**
> - "到第三十五页了，故事才刚刚有点儿进展。"
> - "这个部分的事件太密集了！我们需要喘口气！"
> - "这个故事太平淡了。"
> - "第二幕太拖沓了。"
> - "结局令人不太满意。"
> - "令观众转移注意力的东西太多。"
> - "第一幕中的建置部分还不够。"
> - "建置部分的剧情在第三幕中没有被解决。"
> - "解释性的语言太多了。"

大多数标准时长的舞台剧或电影剧本同亚里士多德和莎士比亚创作的戏剧一样都分为三幕。即使像短片那样不符合标准时长的电影故事也需要由开始、发展和结局三个部分组成，而且所有的剧情"动点"以一种必要的关系被紧密地编织在一起。

戏剧中的"幕"是由展现叙述转折点的场景构成的。转折点即电影里的某个时刻，推进故事的发展，为即将到来的危机或事件的解决做铺垫，并提供有关主角的重要信息。拍得最好的场景是上述三者的结合。

有很多理论阐释了主要的转折点应该在何时出现。我们给新手总结了一条很好的经验法则，那就是确认剧本中的每一页都包含了转折点。同时，每一个场景也需要根据特定时刻的戏剧点将开始、发展和结局囊括进去。在完成剧本初稿后，你需要再从头把每个场景逐一挑出来，如果去掉该场景剧本还能自圆其说，那你要么将之删掉，要么重写，把它改成一个更具戏剧张力的事件。

一、第一幕：开始

第一幕之所以是整个故事中最复杂的一环，是因为你必须在很短的时间内讲述很多东西。第一幕有三十页左右，另外你还需要完成下面几点。

● **奠定基调**。如果是喜剧片的话，观众要在头几分钟内就能发笑，并且持续到第一幕结束；如果是惊悚片的话，这时一般会有人死掉，这样你才能在开始时就制造悬念；如果是情节片的话，观众需要早早地感受到失落感。抛开类型来看，在第一幕里，你应该为整个故事奠定基调。这是一部极端风格化的影片还是一部现实主义电影？影片是通过孩子的视角叙事还是运用了其他的叙事手法？影片是以线性叙事手法铺展开的还是使用了闪回？上述这些问题你需要在一开始就会解决。

- **介绍主角**。你必须在角色和观众之间建立联系，做法是将人物塑造成令大众同情、有成为英雄的潜质或令人信服的角色。你还需要向观众暗示人物的致命缺点——这可能会导致他走向灭亡。

- **介绍配角——朋友、反派和人生导师**。你需要把主角放到他的世界中，让观众熟知那个世界的运行"规则"。开场的几分钟是最需要观众动脑的地方，他们得紧跟人物并获取故事的信息。至于那些对故事的推进没有太大作用的信息和人物，请不要花费太多的时间。根据常识来看，观众无法一次关注八个及以上人物的转变历程。你应该限制所介绍的角色数量。

- **建立主要冲突**。到剧本第十页时，观众就该知道这个故事大致讲的是什么了。人物即将被卷入什么样的冲突中？对观众而言，冲突必须要有代入感，这样观众才能与主要角色一同感知事件的紧迫性。通常而言，第一幕结束的标志是主角的生活里出现了一个重大的转折，他要么做出重要的改变，要么意识到一件令人震惊的事情。

- **设置两到三个"动点"和转折点**。在一部剧情长片里，第一个"动点"通常在剧本的第十页出现，而另一个"动点"一般出现在第三十页。它们应该具有视觉性和起伏感，并且是不可挽回的，这就意味着人物必须处理其中的事件。

- **介绍主题**。方法是运用视觉图像。

- **引导观众**。第一幕应由一连串的提示和线索构成，而那些难以引起观众注意的大量细节应该汇集到第三幕的剧情"解决"部分。你需要聪明地将每个人物的重要信息进行编排，这包括他们的背景、才能、经历、习惯以及他们口袋里装的东西、早上穿的内裤的颜色——所有能用于揭示结局的元素。注意不要铺陈太多转移注意力的剧情，因为这样会使观众感到厌烦和挫败。千万不要这么做。

二、第二幕：发展

第二部分是戏剧里面最长的一幕。在电影剧本里，这个部分大概有六十页。你应该在第二幕中达到以下的要求。

● **把第一幕呈现的所有冲突都复杂化**。使冲突比刚开始时看起来更复杂。

● **使主角的形象充实起来**。方法是让观众看到主角的致命缺点是如何使他不断犯错的。你需要向观众证实主角有两种发展的可能，让观众做好迎接高潮的准备。

● **使反派人物或对手的形象充实起来**。方法是不断地展现反派的力量和优势。反派在第二幕中明显占据上风。

● **给观众呈现少量的愉悦时刻**。让他们喘一口气，最好是伴随一声大笑。电影里常常出现这样的连续镜头——主角探寻新的世界或境地，而这又将他带往第二幕。

● **设置一些反转剧情**。反转是出人意料的剧情转变，而第二幕正是可以嵌入反转剧情的绝佳之地。主角的人生导师竟是一个反派？反派有弱点吗？主角改变策略了吗？反转也预示了人物的成长或转变，可以推动剧情的发展。

● **设置剧本的主要高潮**。第二幕结束时，编剧应该让观众有这样一种感觉，即主角拯救自己的灵魂或整个世界的概率微乎其微，他快要放弃了。

● **要有"死亡"**。第二幕结束的标志是"所有希望殆尽"的时刻，或者是某一种"死亡"的出现——计划、梦想或人物。接下来，第三幕就可以从"死亡"开始，展开重建工作了。

三、第三幕：结局

第三幕在剧本中大概有三十页。好的结局会让观众看到事件得以解决，使观众获得满足感，给他们提供想象空间。

"解决"的意思是故事的剧情已经完结，这趟旅程中的所有问题都有了答案。"满足感"的意思是剧情处理得既巧妙又讨喜。"想象空间"的意思是观众常常回顾片中的人物，猜想他们接下来会做什么。就这层意义而言，优秀的结局对观众来讲犹如一个新的开始。

在第三幕中，你需要做到以下几点。

● **加强悬疑感，使之进入白热化的状态。**人物已经完全卷入冲突之中，他马上要使出浑身解数了。

● **人物面临大喜大悲的起伏时刻。**这一般会以牺牲的形式呈现出来，而这种牺牲能让整个故事达到统一，这也意味着主角的生活中出现了无法挽回的改变。

● **事件的解决。**主角克服困难、打败敌人并实现愿望（除非这是一出悲剧）。这部分是你无法靠带入新的人物或新的境况完成的。事件的解决与之前你在故事中做出的承诺有关。

● **所有的建置剧情都一一达成。**你在第一幕中埋下的那些提示和线索的种子在第三幕中开出了完整的花朵。

● **迅速脱身。**一旦故事结束就别在那里逗留了，赶紧"淡出"。

四．"动点"之美

在故事中，"动点"指的是剧情的转变。假如故事是由一长串连接的小点组成，那么一个动点就是其中的一个小点。

场景是围绕"动点"来创作的，每个场景至少应该有一个"动点"。某个场景若没有出现剧情的转变，我们会好奇为何会有这个场景。对于那些缺少"动点"的场景，你可以毫不犹豫地删掉。

"动点"不是对话，但它可以引出对话。"动点"可以在对话的前后及过程中出现，可是它不是对话。

故事出现问题的一个表现是，编剧写完"'动点'进度表"（把故事中所有的剧情按时间顺序列出来）①后发现有四分之一的"动点"都是对话。我们一般浏览一遍后会把上述部分剔除掉，让编剧重写，以促成剧情的生成，这样人物才"有资可谈"。

"动点"是剧情，而剧情是场景存在的理由。"动点"是为故事注入能量与生命的场景的中心。以真实的眼光看，我们之所以称它为"动点"，是因为它是剧本的脉搏或心跳。

最好的"动点"来源于冲突。这句话的意思是，人物由于之前的选择所引发的复杂情况而被迫不断采取行动。某个选择导致了紧张的局面，同时也触发了另一个选择，如此循环往复。冲突可以在对话场景中得到加强，这样"动点"就可被视为对话场景的高潮点了。

反转则是出其不意的"动点"，它把故事带到不可预测的方向。

---

① "'动点'进度表"（beat sheet）是好莱坞编剧在正式写剧本前需要草拟的一份类似剧情大纲的文件。它没有固定、规范、统一的格式。本书的相关部分详见第十九章。

反转不仅是剧情的一部分，更是一个惊喜。亚里士多德提到，最好的故事满载惊喜。他将这种故事称作"复杂的故事"。这类故事要求观众坐直身子、全神贯注，以免因故事的发展而被搞糊涂。简单的故事依然有"动点"，但它过于平淡，"动点"只能一个接一个地缓缓前行。

下面举个例子说明一下什么是简单的故事。一个人因患癌症即将死亡。在第一幕里，他被诊断出患有癌症。在第二幕中，他和家人经受了痛苦并做出调整。第三幕以他的死亡结束。故事的精彩之处在于人物的情绪变化，"动点"则是疾病一步步地逼近，最后主人公死亡。

跟上文相同的故事如果加入了复杂的情节则是下面这个样子。主人公也是在第一幕中就被诊断出患有癌症，可是第二幕出现了反转，虽然家人都关注他的病情，他的妻子却突然中风死亡。这便是反转的"动点"。在第三幕中，主人公虽然没有死去，却失去了他一生的挚爱，最后独自一人生活。

上述两个故事都有"动点"，只不过一个是以线性的形式出现，另一个则迥然不同。

五、场景结构

"动点"包含在场景之中。尽管动点是推动剧情发展的时刻，场景却赋予了故事生命。"动点"犹如骨架，场景则犹如血肉和肌肤。

剧本中的每个场景都仿佛一部小型电影。电影中的每个场景都包含了对整体剧情起促进作用的部分。除了推进剧情的"动点"外，编剧还应该为观众提供新的信息，揭示故事的其余部分，这可以通过建构剧情、人物、主题、对话、音乐和奇观等方式完成。

大多数编剧在写初稿的时候只在乎剧情和人物，也许会稍稍关注一下主题，所以在修改阶段，检查每个场景，试着找出其他元素是很有必要的。在修改的过程中，当你梳理各个场景时，你应该念念这个"咒语"——"不要有遗漏之处，也不要有多余之物"。

剧情

从某种程度上讲，在每一个场景里面，剧情必须向前推进，可以推进主线剧情，也可以推进支线剧情，但理想的推进方式是两者兼有。如果剧本的某一场景没有推进故事的发展，这就意味着它对故事其实没有那么重要，你应该删掉该场景或者把它同另外的场景合并到一起。

人物

人物所做的每一个主动选择都应该具有揭示意义，它能驱使故事向前发展。在某个场景中，剧情和人物应该共同传递出关键信息。每个场景都应或多或少地透露人物的信息，最少应该透露一下关于主角的重要信息。理想的状况是场景透过剧中的每一个人来揭示主角的特质。

主题

电影里的每一个场景应该与故事的主题相一致。这就意味着你需要审视每个场景的内容并自问："这真的是我想表达的东西吗？"巩固主题可以通过建构影像、音乐、对话等方式完成。

对话

并非每个场景都需要对话，但我们需要思考人物交流的内容。故事的中心问题在前移并发展吗？若场景中出现了对话，对话的内容是否向观众揭示了剧情并透露了人物的信息，还是说对话只是有趣，却十分多余？要知道，多余的部分是不允许出现的。

音乐

音乐（包括声音设计）通常会被忽视，但它是电影故事不可或缺的一部分。好的声音能夯实故事的基调和主题，甚至有助于剧情的发展。尽管声音是绝对必要的存在，但有歌词的曲子还是需要引起我们的注意：如果歌曲不是某一时刻的聚焦点，歌词的出现便会偏离剧情。有些故事成功地将歌词囊括进叙事中，比如《我是山姆》（*I Am Sam*，2001）里面那些精心挑选的甲壳虫乐队（The Beatles）的歌曲。这些歌词之所以能奏效，是因为它们对主题和角色的发展有重要的作用。然而，添加歌词不应该成为写对话的省事省力之法（除非这是一部歌舞片）。如果你写的是一部小成本电影的剧本，那么你一定要小心，不要添加那种仅在获取版权上就令预算超支的音乐。

奇观

单个的场景应该与故事一样有一些能让观众觉得有趣或高兴的东西。虽然"宏大"的奇观时刻是围绕转折点构筑的，但每一个场景可以在一定程度上做到引人入胜，为故事做出贡献。奇观可以包含在剧情、人物、主题、对话或音乐之中。

六、结构练习

1. 列出你在故事中即将展开阐述的主要冲突。用几句话概括每个冲突的开始、发展和结束。

2. 列出所有支线故事，并把它们标注为"故事A""故事B""故事C""故事D"等。列出每个支线故事的主要"动点"和"动点"出现的场景。你需要弄清楚每个支线故事的开始、发展和结局。最后你需要问问自己，哪个支线故事需要投入更多的精力。

3. 把不同的"动点"分摊到这三幕里来，并由此制作一个故事的混合概要表。这有助于帮你搞清楚在每个场景里面，哪些故事才是你需要关注的。你可以从下面这个概要表着手，不过真正的概要表应涵盖三幕。

混合概要表

第一幕

场景一——故事A、故事C

场景二——故事A、故事B、故事C

场景三——故事A

场景四——故事D、故事E

场景五——故事A、故事B、故事E

场景六——故事A、故事C

场景七——故事A、故事B、故事D

第二幕

场景八——故事E

场景九——故事A、故事B

场景十——故事A、故事C、故事D

第十一章
关于电影特性的批注：这个故事需要被拍成电影吗？

批注：

- "这个剧本可以当小说看了。"
- "全是对话，没有什么视觉性的东西。"
- "这部电影太拖沓了。"
- "所有的电影技巧均阻碍了故事的发展。"

编剧们要是能多爱电影一点，许多批注在读评人脑海中可能还未成形就消失了。同样地，我们也常说作者是读者，编剧亦是观众。编剧应该成为学习电影艺术的学生，这样他们才能带着对电影媒介的敬意成长。许多编剧的格局实在是太小了，这就好比一个画家手上的调色板中有二十种可用的颜色，他却唯独选用黄色作画。才华横溢的大师用一种颜色挖掘绘画的潜力，这种事我们另当别论。但初学者将自己围于一种颜色，只是因为不清楚其他色彩的存在，这就是另一回事了。

有许多书籍不仅论述了电影形式的特点，还为叙事者提供了形形色色的创作技法。弗吉尼亚·伍尔芙（Virginia Woolf）揶揄道，电影批评不可能是纯粹的，不可能跟音乐或绘画的批评类似，原因是尽管电影与科技紧密相连，它的艺术形式却总是处于变动之中。编剧依然需要不断地自问："为什么我的故事一定需要被拍成电影？"换句话说，我该如何创作这个故事才可以令电影这个媒介发挥出故事的潜能？

"电影"（cinema）一词可以追溯到这门艺术产生的初期，它是第一台投影机器"移动图像仪"（cinematograph）的简称，来源于希腊语中的"移动"（moving）和"图画"（pictures）。随着声音被引入电影中，这门艺术也在开疆拓土。在声音技术的革命背景下，如果我们还把在银幕上看到的东西单一地视为"移动的图像"，那就太具有误导性了。"电影"一词对我们仍然有用，因为它说明了这门艺术形式的重要特征——移动。好莱坞影人常说这样一句话："电影会动。"电影的图像一闪而过；电影的声音起起落落，配乐流进万物之间，将所有的缝隙填平；电影故事讲述的是视觉性质的选择；电影的内核是人物踏上寻找智慧的内心之旅，同时他也需要攀登一座座外在的山峰。

就内容和手法而言，真正具有电影特性的故事能在纷繁艺术形式的和谐演绎中穿行。请参看附录一中列举的那些电影史上极具影响力的电影，它们均展现了创作者高超的影像技艺和叙事能力。

下面的内容讲的是电影的特性。如果编剧想把自己的剧本转换为电影，就必须好好运用下面的特性。

一、电影是各种元素的和谐统一体

拍一部电影很像写一首交响乐。要想创作出一首动听的交响乐曲，作曲家首先得掌握各式各样的乐器。"掌握"在这里的意思是作曲家必须清楚每一样乐器的基本特点——这种乐器相比其他乐器有什么独特的魅力。接下来，作曲家需要考虑作品的关键点，即"重点主题"。他需要调度每一种乐器，让它们围绕主题"起舞"，演绎该主题，呈现不同的主题脉络并赋予主题生机。

电影是由以下四种元素构成的和谐体：视像构成、音乐、文学和戏剧。它们本身就囊括了许多其他具有构成性质的艺术形式。创作者需要对这四种不同的电影"乐器"怀有敬意。

1. 视像构成大体上指的是传达视觉元素的意义和让观众在视觉元素的排列中穿行的能力。这里面包括了视觉设计的各种艺术形式，这些艺术形式会用颜色、形状及阴影作为自身的主要工具。在这个范畴内还包括如下门类：布光、摄影、美术指导、外出采景、布景、服饰、妆发、动画制作、视觉特效。

2. 音乐指的是电影的配乐部分。它的目的是统一整体并加强每个角色的情绪。从更广义的角度看，音乐涵盖了所有人为制造的声音，这些声音同时也组成了观影体验的听觉部分。这部分包含声音设计、作曲、乐器使用、声乐演唱、声音特效、声音剪辑。

3. 文学指的是电影的叙事方面。大的叙事艺术形式包括有趣的剧情、具有说服力的人物、风趣或辛辣的对话、统一的主题、健全的总体结构等。

4. 戏剧在这里意指走位、表演和剧情。作为故事而言的剧情应该

115

被用于表演，它需要演员以观众可以理解的方式来完成表演。故事应该被人见证。它需要在一群人面前上演，而这群人的共同经历是这门艺术形式的组成部分。

闪着光芒、具有整体性质的"和谐"在古典哲学中被视为美的定义。"和谐"意味着互补，也就是说，艺术作品卓越与否是通过该部分与其他部分融合为整体的优劣程度来决定的。整体——部分的总和以及部分聚合的原因，才是关键。

二、穿行于时空中：转场

电影可以"移动"，因此编剧需要清楚剧本是如何将观众连带人物一起从一个地方转移到另外一个地方去的。假如场景设置合理，它带来的冲击力不仅可以使人物处于某个与众不同的剧情场地，还可以使人物处于某种不同的心理或情绪场地中。

从一个场景中转出，再转进另一个场景便能够反映上述情形。转场可以从视觉上完成，也可以经由音乐、环境音和对话从音轨上完成。电影能够穿越时空，跨越图像与意义建立直接联系，这是其他艺术形式达不到的。忽略此种潜力的编剧写出的电影剧本终究只会让人感到拖沓和笨拙。

下面提到的电影都有出色的转场。

● 奥斯卡获奖影片《巴贝特之宴》的开头有一组镜头，该镜头从年老的姐妹二人闪回到四十年前她们刚成年的时候。伴随着画面的模糊，岁月也渐渐消逝。同时，随着那两张面带倦意、饱经风霜的脸庞变得青春美丽，观众也与电影一起重启了那段旅程。

• 在另一部奥斯卡获奖影片《美丽人生》（*Life is Beautiful*，1997）中，有一段在时间和爱情之间转换的镜头令人惊叹。一开始，主人公看着他的"公主"迈上几级台阶，走进一间满是鲜花的屋子里。经过一阵思考后，他决定跟随她。主人公短暂的停顿表明他在思考"她会是自己生命中的另一半吗？"这个问题。他决定采取行动，跟随她进入镜头外的凉亭处休息。一两秒过后，我们听到一男一女在镜头外呼喊某个人的名字，突然间，一个四岁左右的小男孩跑了出来同父母站在一起。这对父母就是之前的那位小伙子和他的"公主"。很明显，两人已经步入婚姻的殿堂。这个转场镜头不仅跨越了时间，还交代了主人公采取了怎样的行动。这种将故事、人物和主题集合在一起的独特方式只有电影才能做到。

• 在喜剧影片《诺丁山》（*Notting Hill*，1999）中有这样一幕——颇具感染力的声音转场伴随视觉性的转场共同出现。在两分钟左右的时间里，电影用歌曲《她离开后再无阳光》（*Ain't No Sunshine When She's Gone*）带领观众穿越了近一年的时光。伴随歌曲，我们看到主角在充满悲伤的四季里穿行。当他走在诺丁山的大街上时，每个季节都与他为敌。他拖着沉重的步伐前行，根本没有意识到周围的一切早已物是人非。当夏季来临时，他抬头微笑——他已经走出了痛苦。

三、意义的分层

电影之所以颇具感染力，是因为它不仅整合了四种主要艺术形式的感染力，还可以将这四种艺术形式同时展现出来。视像构成、音乐、文学和戏剧同时向我们袭来，给我们带来一种无法抗拒的独特人生体验，让我们尽情品味。这就是我们为何爱看电影的原因。

编剧需要及时地将信息传递出去，并在媒介可操控的范围内通过各种方法丰富信息的数量。真正有用的场景会以一种层级的方式展开，满足各种不同的叙事要求。

那么，电影里存在哪些信息交流的层级呢？

- 视像构成（我们看到的）。
- 诗意的画面（视觉上的隐喻）。
- 图像的并列（我们看到的东西是如何被剪辑在一起的）。
- 对话，包括画外音和银幕之外的声音。
- 音乐以及其他非叙事声音。
- 环境音。

为了同观众交流，在整个故事中，每一个层级都应该被赋予一定的意义。很多时候观众甚至没有意识到自己正在接收信息，环境音就是这样的（比如车子从外面经过）。制造这些声音的目的是为了让观众接受这样一个事实：外面还有一个更大的世界，它能对片中人物产生影响。

新手总是想在一个作品内一次做完所有的事情。因此，剧本会出现几分钟环顾场景的摇镜头，以示我们所处的位置。接着，主角走进来，做了一些能引起观众好感的事情。然后，主角会做一些事情或说一些话，告诉我们他想要的和需要的东西是什么。接下来，我们就能看到反派人物出场了……

要成功掌握电影的特性，首先，场所必须根据总体的结构逐渐展现在观众面前；其次，人物得做出选择，这些选择能引发剧情并告诉观众人物想要的和需要的东西是什么；最后，观众能得到提示，进入电影的中心主题。

　　喜剧片《当哈利遇到莎莉》的开场段落就是上述文字的例证。在开场后，我们看到两位刚毕业的大学生坐在从芝加哥开往纽约的车上。两人分别在车上做出了开启剧情的选择。在开车的同时，二人展开了一场精彩的对话。两人的对话连同这段出色的表演共同告诉了我们二人的身份、二人自认的身份以及二人想要的东西。整段对话的核心是他们对"男人和女人能成为朋友吗？"这一问题发表了不同的看法，而这恰好也是本片的主题，它以有趣的形式被嵌在了开场的核心位置。当这个段落结束时，我们看待故事的发生地曼哈顿则多了一份友善而喜爱的目光，而且这一桥段也给这部发生在纽约的爱情片奉献了一个恰当的开头。这是一个复杂而精湛的开场，它完美地完成了本该完成的内容。

四、毁剧本的视觉俗套

　　视觉上的俗套是编剧惯用的快捷操作，目的是揭示人物的内心，更迅速地完成对剧情的解释，并展现故事的潜台词。编剧头脑中冒出的第一个想法通常是最烂的那一个，这是因为编剧早就在银幕上见识过类似的想法了。你会从下面的内容中立即辨认出哪些是跟自己看过的电影相类似的。还有一些内容是我们每天都能在烂片和烂剧本里面看到的。要是你发现自己的剧本里含有下面的某一项，请想出更具创意性的视觉手法来传达相同的信息。

　　1. 在人物跟自己讲激励的话或搞清楚他是怎样卷入这些麻烦事儿之前，他会直直地盯着镜子、一摊水、窗户或任何闪光的东西。

2．人物把水泼到自己的脸上，要么是为了使自己清醒，要么将之视为让自己冷静的象征。

3．俗套加倍：把水泼到脸上后人物直直地盯着镜子里的自己。

4．人物盯着照片看，表明他想念某人了。

5．人物坐在码头、石头、小船或椅子上，直直地看着水面或落日。

6．人物走进一座昏暗的教堂里，眼睛直视前方。

7．人物直直地看着……（任何可能的东西）。

8．人物的出场方式是他的双腿先迈到车外。

9．人物的出场方式是他正趴着睡在床上，闹钟突然响了，于是他关上闹钟——他要迟到了。

10．作为一名电影导演，他的出场方式是用拇指和食指摆成一个"镜头"，然后以特定的角度望向它。

11．反派人物捻了捻自己的胡子，踢了小狗一脚，或啜了一口雪茄。

12．性格粗犷的主人公遇到生病的小孩时展现出自己柔情的一面。

13．辣妹的出场方式是镜头从下而上拍摄她暴露的身体。

14．表现角色的平凡或者角色不缺爱的做法是摇摄挂在墙上或摆在壁炉上的全家福。

15．相爱的伴侣建立感情的方式是用蒙太奇展现两人在海边玩耍的情景。

16．看上去很娇羞的女生拿到手枪后，像兰博①一样啪的一声关上

---

① 《第一滴血》（*First Blood*，1982）中的男主角约翰·兰博（John Rambo），他是一名越战退伍军人。

弹药筒并上锁，然后装上子弹。

17.时运不济的人物摇晃着酒杯，大口喝下了整杯酒。

18.人物向天空挥拳，或者朝桌面或吧台猛敲一拳。

19.人物在自己最需要鼓励的时刻打开了电视或收音机。

20.记者突然闯入镜头中，问了许多让人物不知所措的问题。

21.人物按了答题器上的按钮后，镜头展现人物的得分。

22.一对恋人在环顾了房间之后将目光锁定对方。

23.长得美却惹人厌的角色最终陷入泥潭之中。

24.人物只是在餐厅假装吃饭。

25.经过一场血雨腥风的野外枪战后，主角虽然中了枪，却有充裕的时间发表深刻的临终感言。

26.反派在主人公的身上绑了一颗炸弹，讲了一大堆恶心的话，最后让主人公等死（然而主人公绝对不会死，因为在有限的时间里他已经想到了逃生的办法）。

27.正在分娩的女主角威胁自己的丈夫。

五、关于电影特性的练习

1.你创作的故事到底有什么是需要经由电影这一形式而非由小说、漫画、短篇故事或其他媒介来讲述的？

2.从你创作的电影里选择一个场景，并向该场景添加不同的意义层级。首先，你要搞清楚围绕该场景的"动点"是什么。其次，你要向这个场景中加入一些能够透露主角情况的新东西。接下来，你要再往里面添加一些关于场景的细节信息。最后，你需要找到可以提示主题的东西。你还能添加更多的意义层级吗？用这种方法再浏览一遍你的剧本。

3. 列一份场景表，将我们看到的东西一一写出来。场景表如下：

场景一——（开始）阿肯色州小石头城主街的一家空手道练习馆。

（结束）乔（Joe）脸朝下躺在泥里。

场景二——（开始）只身穿着内裤的乔直直地盯着洗衣机里的衣服。

（结束）一名女贼偷了乔的车子。

场景三——（开始）穿着一身空手道服的乔想搭便车。

（结束）女贼搭载了乔，却未意识到她偷的这辆车就是乔的。

接下来，用转场将这三个场景更紧密地联结在一起。镜头也许可以从乔的影子倒映在泥里切到正旋转着的洗衣机映出他的脸庞。另一种转场的方式是，从身着内裤的乔举手追自己被盗的车子切到穿着空手道服的他举手示意搭便车。

第十二章
总结：新手容易犯的严重错误

1．**格式一团乱**。剧本是一种工艺层面上的记录文案。所有参与拍摄的专业人员都需要一个符合规范的剧本。新手容易低估行业标准格式的重要性。编剧需要承担犯此类错误的风险。

2．**缺乏视觉感**。整部剧本由对话推动前行，这样只会让你的剧本显得平庸，因为现实生活里的人无论如何都不会说出自己的真实想法。对话只是画面的补充，然而大多数新手都把方向搞反了。

3．**主角无法唤起观众的共鸣**。想一想这样的人：他们不坏，始终如一，做事得体而且表现真实。可关键问题在于，观众在乎的是那种对某些事情在意的角色。观众在乎的可以是一个人，比如爱家人的"不可思议"先生①。观众在乎的可以是某种憧憬或理想，比如《飞屋环游记》（*Up*，2009）中艾丽（Ellie）渴望到南美洲。观众在乎的也可以是某个物件，比如《圣诞故事》里，拉夫想要一把红色的BB枪。

---

① 此处指的是《超人总动员》（*The Incredibles*，2004）中的鲍勃（Bob）。

4.**缺少主题**。故事究竟讲的是什么？故事的重点是什么？主角从这次经历中汲取了什么教训？观众又从这段经历中学到了什么？

5.**观众不清楚人物的信念到底是什么**。他们需要立即知道电影要讲述的是什么样的故事。人物支持的是什么，反对的又是什么？

6.**没有设置高潮，建置部分没有完成**。剧本的主体是由能完成剧情的建置部分组成的。如果没有下注，不管哪一匹马赢了比赛我们都会觉得无所谓。

7.**缺乏张力，没有悬疑感**。一个好故事应该有"脉搏"，能让人们感受到时间的紧迫性。有无"脉搏"跟故事是否持续关注目标有关。悬疑感则源自观众清楚地知道事情将不可挽回地走向危机。

8.**冲突和故事情节还不够**。大多数新手要么只关注人物的外部斗争，要么只关注人物需要翻越的内心高山，然而好的故事需要内外层级的交叠。编剧应该为故事添加更多的冲突来源，这样人物的生活才能变得更复杂。

9.**故事的结构很糟糕**。在糟糕的故事结构里，如果编剧过早地透露剧情，观众则会觉得很无聊，因为剩下的故事没有什么可看的了。又或者，你给观众留的线索还不够多，事件的解决完全是凭空捏造的。这么做会让观众觉得很烦躁。

10.**对转场的关注还不够**。你必须让观众看到定场镜头和视觉化的时刻，这样他们才能搞清楚人物的时空位置。

11.**支线剧情没有起到补充性作用，反而转移了观众的注意力**。支线剧情应该回应或扩展剧本的主题。它不只是缓解主线剧情的调味剂。通常而言，新手写的支线剧情从来没有在主题框架内形成过严密的整体。

12.**在主观视角上犯错误**。注意那种以非主人公的主观视角为主体的场景。比如，故事讲的是一个年轻男孩的故事，却突然闪回到他父母的婚礼上——这便犯了主观视角的错误，男孩不可能会记得那场婚礼，因为那时他还没有出生。

第二部分
剧本的风格与语法

第十三章
格式的重要性

批注：

- "剧本并非出自专业编剧之手。"
- "页边空白别留太多了。"
- "别用漫画字体。"
- "不要在每个场景的后面都写'切至'二字。"
- "这个角色多大了？"
- "我们在哪儿啊？我需要定场镜头！"

据美国编剧协会（WGA）的估算，每年有两万五千个故事和电影剧本在该协会注册。还有大约两万个未注册的故事和剧本流到了好莱坞制作公司和剧本中介机构。最后可能只有五百个左右的项目能被搬上大银幕。为什么有那么多剧本没有过关？问题首先就出在格式上。作为创意执行官，根据我们的经验，好莱坞办公室收到的剧本中有四分之三被拒之门外的原因就是格式不规范。

对每天都要阅读大量剧本的项目研发执行、演员、导演、经纪人而言，格式错误的剧本仿佛在向他们大叫——"我出自非专业编剧之手"。没人想同不懂行规的人合作，因为这会带来很多麻烦。把剧本扔进垃圾筒或删除PDF文档这样的事情他们倒是很容易就做到了。

别再自欺欺人了。在影视行业工作的每个人都想尽量从桌上成堆的纸稿和收件箱无尽的附件中挣脱出来。场景大纲、调查问卷、剧本、简历以及各种书籍摆满了每个经纪人和执行人的办公桌、书架、汽车、餐桌、咖啡桌和床头柜。这些东西也塞满了他们的iPad和Kindle。在好莱坞，你每天任何时候去任意一家咖啡馆或餐厅都能看到有人在读剧本或写剧本。不要因为疏忽剧本格式而让别人只是粗略地瞄了一眼你的成果。

曾经有一名编剧给我们寄来了一部讲述美国中央情报局（CIA）在拉美地区交易毒品的剧本。他是通过电话联系上我们的，所以我们要求他寄一份剧本复印件过来。剧本寄到后我们立即打开了，看到第一页时，我们都叹了口气——简直惨不忍睹，页边、字体和间距都搞错了。剧本完全没有什么电影语法可言。除此之外，编剧（我们的定义比较宽泛）竟然把哥伦比亚毒枭的图片贴到了封面上。我们又读了五页，想看看他是否有写剧本的才华。最后我们把剧本寄回给他，还附带了文字资料向他解释剧本的格式。两天后，那个人打电话过来，大声嚷嚷道："如果你们真的在乎社会公正，你们就会忽略剧本里那些愚蠢的小问题！"他根本没有意识到，对于我们这些把审阅剧本当作谋生手段的人来讲，遇到这种格式严重错误的剧本就好比要吃力地看一篇用我们不懂的语言写成的文章，这简直令人痛不欲生。这种剧本永远都不会被通过。

没有人愿意花时间为你纠正格式上的错误。相信我们，你的故事创意其实也没有那么厉害。

剧本的格式并非什么高深的东西。它比电脑编程要简单多了，不过比起散文而言，剧本的结构还是要稍微严谨一些。自从有了各类编剧软件以后，我们真的很难再为格式上出现的那些显眼错误找任何借口了。"Final Draft"是一款广泛使用的软件，如果你打算写多部剧本，那么买这款软件是一笔很划算的投资。也有一些软件是免费的，如"Celtx"。如果你想涉猎编剧这个领域的话，它可以帮你达到这个目的。先抛开这些软件不谈，为了正确地使用它们，你还是得先搞清楚你的剧本中存在的问题。

有些规则可能看起来很琐碎，制定它们的目的好像是为了让编剧出错——的确是这样。但制片公司或中介机构的第一道防线是没有薪资的实习生或者工资不高的助理，他们的工作就是每周从上百份的投递申请中筛选出合格的剧本，而剧本究竟值不值得花时间去读，格式是最容易筛选的标准。没有人会把好几百万美元投给连写一份专业剧本的时间都不舍得花的不知名编剧创作的电影，这些投资人绝对不会这么做的。

下面几章讲述的规则并没有涵盖格式的所有细节。关于这方面，有许多其他的优秀书目可供参考。但是，依照下面的指示走，你会少走很多弯路。

第十四章
剧本的行文规定①

批注：

- "选角的工作不应由编剧负责。"
- "这名编剧是想尝试导演和演员的工作吧。"
- "这部分的语言过于拙劣了。"
- "你该上上语法补习课程了。"
- "你校对过文字吗？"
- "一看到剧本我就知道它太长了。"

语法、拼写和标点符号

在这个有机器拼写检查和自动纠错的年代，还是有许多投递出去的剧本满篇尽是各种各样的粗心错误，这实在是一个奇迹。有专业背景的人才不管你三年级是否因为生病而没有去上"你的"（your）和"你是"（you're）有什么区别的课。那些能用对标点、拼写无误、

---

① 由于中文剧本的格式无统一的标准，本书的格式只具有参考意义。

词汇量大且用词高级的人才会被录用，而做不到这些的编剧根本没有机会。

你真的需要投入一些时间去学习标点符号的用法以及语言的规则。没有遵守标点符号正规用法的编剧极有可能会惹恼读评人。同时，错误的拼写和对语言蹩脚的使用肯定会使你的剧本无法通过。大家会想，连检查拼写这么简单的事情都做不好，像为人物的选择写潜台词这样的难事你肯定做不到。

剧本的文风应该具有极强的可读性，能吸引人，甚至呈现出优雅的特性。剧本应尽量做到用"非专业的视角"去书写，不要使用令人困扰的专业术语。一般而言，剧本应该用完整的句子进行创作，因为剧本不是大纲。

只保留文字

剧本创作有这样一条基本的规则，那就是除了与写作有关的东西外，不要添加任何会吸引人注意力的多余内容。我们遇到有的人寄过他们认为适合出演这部电影的演员的杂志截图，有的人寄过布景和服饰设计的草图，还有的人寄过无数的配乐表给我们。上述举动只会让人觉得这名编剧不够专业，因为这些都不属于编剧的工作范畴。要想把剧本卖出去，你其实只需要做一件事——做好自己的本职工作，把自己能力的高低交给剧本的质量评判。如果你的剧本写得还不错，画面便会自然而然地呈现在读者眼前。把图片贴到剧本上其实是在承认你自己不能通过文字创造出视觉的意象。剧本读评人对这样的做法极其警觉。

实际上，即使你写得再好，项目研发经理也不会拿着一本满是错误的剧本走进老板的办公室。拍电影对他们来讲是一项充满竞争的事业，没有人会甘愿为你冒一次风险。你一定要机灵点儿。

千万不要在封面上写引语或主题概要，也不要把它们当作标题加在第一页里。同时，千万不要把献词也写进剧本里。在这个阶段做这样的事情会显得非常刻意，而且很愚蠢。在剧本被搬上银幕之前，很可能还会有三四个编剧要修改你的作品。所以，你还是把那些谦逊的感谢语留到你的奥斯卡获奖感言里吧。

装订

剧本应该用开了三个小洞的纸张打印，并用黄铜曲头钉装订。直径一点五英寸①的钉子适合电影长篇剧本，一点二五英寸的钉子则适用于电视剧剧本。业内比较偏爱使用"Acco"这个牌子的曲头钉，不要问我们这是为什么。曲头钉只订在最上面和最下面的那两个洞，这么做是因为如果把曲头钉订在了中间的那个洞，标准长度的剧本翻起来就会很困难。

不要把钱浪费在那种花哨的装订上。我们看见过使用螺旋装订、梳状装订甚至专业装订的剧本。你千万不要这么做。在PDF文档还没被发明出来的时候，纸质剧本会被复印很多次——要么是经纪人把作品寄给潜在的买家，要么是制片人把作品分发给各个部门。花哨的装订会使剧本拆分起来十分麻烦。尽管现在的剧本基本上不需要打印出来了，但你一定要遵守装订两个曲头钉的规则。

---

① 一英寸约为二点五四厘米。

字体

剧本的行业标准字体（字号）是Courier 12号。不管在什么情况下都不要用其他的字体或字号。我们向你保证，如果你用了其他的字体或字号，你的剧本会被直接淘汰。

这条规定跟剧本的长度有关。一页格式无误的剧本，使用Courier 12号的话，大致相当于一分钟的银幕时间。如果你使用的是Arial字体，没有人知道一页内容等于多少银幕时间。

剧本长度

根据历史经验，剧本的首选长度是一百二十页。可是最近，一百二十页成了极限（最高）页数。剧本只有在这个长度以内，潜在的买家才可能考虑购买。刚刚开始投身写作的编剧应该把剧本长度定在接近一百页。这么做全都是因为电影票房。大多数影院每天会放映五场电影，中间共休息三个小时，而放映时长为三个小时或剧本长度为一百八十页的电影意味着影院每天要少放一场电影。

有些新手会争辩说，有很多大片的放映时间大约就是三个小时。如果你的水平跟彼得·杰克逊（Peter Jackson）或大卫·O.塞尔兹尼克（David O. Selznick）一样，你当然可以这么做。不过，你最好记住电影大师阿尔弗雷德·希区柯克说过的一句话："影片的长短跟膀胱能憋多少尿有直接关系。"

类型也会影响剧本的长短。"合家欢"电影通常要短一些，情节片和历史片则要长一些。

版权或WGA的注册编号

千万不要在封面打上你的版权期限或WGA的注册编号。这样的做法会被读评人解读为一种控告，你害怕他们会剽窃你的作品。表现出太强的防御心理并不会给你加分。如果你真的非常敏感，你可以在最后附上一页，用备注的方式说明版权期限和WGA的注册编号。不过我们通常不会这么做。

剧本封面

剧本的封面应该用白色的纸张，你可以用印海报那种厚一点的纸张去打印，这样做主要是因为剧本常常被读评人当作杯垫使用。

在一张格式标准的封面上，作品的标题应该放在上半部的正中央并全部大写。有些编剧也会在标题下面画横线。我们的建议是避免使用任何花哨的字体、照片、献词、引语。

打完标题后下面空四行，然后每个单词的首字母大写并这样打："由……编剧"、"编剧是……"、"原创剧本由……编剧"或者"由……创作"。这段话也要打在页面的中间。之后再空两行，打出你的名字，每个单词的首字母大写，并将之置于正中央。

空四行后再打"最新修改时间"，然后在下一行打出具体的日期。

在右下角打出你的名字、地址、电话号码和邮箱，或者你也可以打你代理人或经纪人的信息。上述内容全部用单倍行距，每个单词的首字母大写。

假如剧本是为某个特定的公司或制片人写的，这个公司或制片人的名字和地址也应该被写出来，打在封面的左下角。左下角和右下角的文字，每一行的顶端都应该对齐，收尾时应该离页面底部至少一英寸。

详见附录二提供的标题页的正确写法。

剧本正文的格式

剧本的每一页都应该做到有吸引力，让人想继续读下去。每一页应该由对话和描写构成，并且还要留大量的空白。布满密密麻麻文字的页面令人感觉过于拥挤，遇到这样的情况你一定会看到读评人快速地浏览剧本而非细读每一行字的情形。

只要打开剧本看见到处都是一页长的对话，我们立刻就知道作品不是出自专业编剧之手。电影属于视觉媒介，画面应该同任意一行绝妙的对话一样被精细地描绘出来。

·剧本的首页

剧本的首页有其独特规定：

1. 在剧本首页的顶端，再次打出标题，全部用大写，并居中画线。

2. 空两格，在页面左边距离页边一点五英寸的地方打"淡入"。

3. 第一页不用打页码。在第一页过后，页码应该标在右上角，距页面顶端和右边边缘一英寸，并打上句号。

详见附录三提供的首页的正确格式。

·剧本空白处

剧本中的每一页都需要按下面的规定留白。格式正确的空白也能确保每一页大致等于一分钟的银幕时间。

　　　　顶端和底部的空白：1英寸

　　　　描述性句子左边的空白：1.5英寸

　　　　描述性句子右边的空白：1英寸

　　　　对话的空白：左边2.5英寸，右边2英寸

详见附录四提供的内页的正确格式。

· **剧本里应该大写的地方**

以下元素应该大写[1]：

1. 人物出场。某个人物第一次出场时，名字应该大写。任何角色只要说了超过三句台词就应该为其命名。没有演员希望自己扮演的角色被叫作"第一个人"。

2. 位于对话上方的角色名称。比如：

约翰

　　　　我觉得你是新来的吧。

3. 群演。选角导演需要清楚该录用什么样的群演，以及需要多少群演。比如：

　　　　站在绳子后面的**一群花季少女**晕厥了。

　　　　戴着帽子、穿着学士服的**毕业生们**穿过草坪。

4. 镜头及转场的提示。剧本以"淡入"开始，"淡出"结束。其他的镜头类型如有必要也可以注明。例如，"特写""往回拉""叠化至……""匹配剪辑至……""匹配叠化至……""淡化为黑

―――――――――――――

① 翻译时所有的加粗字体对应英文中的大写。

色""定场镜头",等等。

5．场景标题。每个新场景的标题都向摄制组提供了地点和时间的信息。比如：

> **外 纽约市 — 华尔街 — 日（1865年）**
>
> **内 写字楼 — 大厅 — 日**
>
> **内／外 汽车／客厅 — 日**

6．声音特效。不管在画面内还是画面外，任何由音效师在实验室里制作的声音都必须用大写表示。演员在拍摄现场发出的声音就不用大写了。如果不大写的话，音效师会费力地找剧本中需要制作的声音。比如：

> 不远处，一辆马车隆隆地停了下来。
>
> 老虎的喉咙里发出了咆哮声。
>
> **外面雷鸣闪动、大雨倾盆。**

7．特效。同样，任何需要制作的特效都应该先用大写标注"特效"，再大写对应的特效。比如：

> **特效：只用了几秒钟，约翰（John）就从矮个子长成了高个儿。**
>
> **特效：大风吹打着青草，并将它们吹成了一群浅绿色的迷你士兵。**

随着CGI（计算机合成图像）成为每部作品的标配后，编剧已经抛弃了"特效"这一提示语，你只用将需要的特效大写就可以了。编剧最重要的任务是把特效部分单独注明，这样执行制片人才能搞清楚实验室制作背景及其他的图像大概要花多少钱。

8．镜头的主体。这是一种暗示要使用特写镜头的方法。使用此方法其实是在剧本里用语言做暗示，但这不会侵犯到本该属于导演的领域。比如：

玛丽·史密斯（Mary Smith）

揉了揉眼，发出呻吟。

年轻的斗牛士

拍打掉额头上的汗水。

· **行间距的规定**

下面这些地方应该使用单倍行距：对话、描述性文字以及对人物的辅助性说明。

在描述性文字里，尽量把具有画面性的元素进行分割，镜头之间应该被划分成独立的段落。要知道，该怎样进行拍摄最终还是由导演说了算，但编剧仍然应该下功夫安排剧本的时间，让它尽量接近银幕演出的实际效果。编剧应该培养"一个镜头等于一个段落"的写作习惯。

下面这些地方需要使用两倍行距：不同人物之间的对话、人物名称与叙述性描述文字的间隔、场景标题的前后、镜头或转场说明的前后。

· **写对话的规则**

编剧应该严格遵守对话留白的规则。对话留白应该比描述性文字多，一般认为这么做是演员出于戏剧张力的目的需要延长表演的时间。再次说明，对话的长度与剧本中"一页等于一分钟的银幕时间"的等式有关。

在写作时，先写与画面相关的东西，再写出现在画面中的对话。这样做是因为光比声音传播的速度快，我们先看见某样东西然后才听到它的声音。

·对话的接续

千万不要把人物的名字跟人物说的话隔开。避免将同一人物说的话分成不同的两页。虽然不免会有这样的情况，但出现了还是会让人分心，对演员来说这也是一种麻烦，因为他们需要标注整段台词。如果必须分割一段台词，请遵守以下的格式规定：

在括号内的空白处输入"（见下页）"，把该标注放到第一页台词的底部，这样看的人会明白下一页还有台词。到下一页时，在人物名字的后面输入"（接上）"。下面来看一个例子。

维尼（Vinnie）

奥斯丁（Austin），主角从来都是他们。

（见下页）

2.

维尼（接上）

但绝不会是你。不过现在，这一切该结束了。

假如人物的对话被描述性的文字打断了，你需要在人物的名字后面输入"（接上）"。比如：

苏（Sue）

艾米莉（Emily）？艾米莉，我知道你就在这儿。

苏环顾马棚，发现角落里有动静。

苏（接上）

哈哈！我找到你了！

· 画外音、银幕外声音、镜外音

在对话里，有这样一个惯例，即哪个人物有台词就拍哪个人。如果情况并非如此，有三种标识可以呈现出不同的对话形态。

画外音：此标识适用于非叙事性的对话，意指银幕上的人物无法听见的语言。这也是叙事的一种方式。

银幕外声音：此标识的意思是某个人物是在另一个地方而非在当前的布景内说话，而且在银幕上也看不到该人物。人物在走廊的另一边或在隔壁房间内；人物在电话的另一头或者正在做广播节目；人物在屋外的院子里，他的声音通过窗户传了进来。

镜外音：此标识适用的情况是人物说话的地点位于场景内，但人物本身没有出现在镜头里。当观众看一个人物的脸却听见另一个人物说话的时候会用到此标识。还有一种情况也会用到此标识，那就是一个人物在进行演讲时，推轨镜头将全体听众带入场景。

· 使用辅助说明

辅助说明是对演员的简要指示，通常指的是那种能揭示人物的心理但难以从上下文中推断的动作。除非辅助说明提供的信息没有被涵盖进对话里或场景的进程中（抑或对话、场景的进程中信息表述得不清楚），否则千万不要使用它。换句话说，要尽量让演员去演，让导演去导，不要把辅助说明当作填充性的文字或某种写作技巧使用，演员能做的事，就让演员去做吧。

对话若能体现出明显的情绪，千万不要写辅助说明：

马克（Mark）

（生气）

我讨厌你，你这个蠢货！

人物说的话如果属于玩笑或反话也不要使用辅助说明：

布奇（Butch）

（轻抚她的脸颊）

你真的太可恶了，你知道吗？

同时，你也要避免使用副词。不要写"紧张地""生气地""疲惫地"这样的词语，要让演员自如地表演出人物的内心状态。比如：

艾米莉

他们说，时间会治愈好你的伤口。

（砰地关上窗户）

时间什么都治不好。

辅助说明括号内的第一个单词的第一个字母不要大写。

无论何时，辅助说明只要跟对话一样长就应该删去括号，并把它改为描述性文字。再说一次，辅助说明的长度一定要控制在一行以内。如果你不得已要折行，请将辅助说明改为描述性文字，再按照上面说过的方法写对话。

·场景标题的规定

"内"和"外"必须写在每个新场景开头的地方，这样才能表明事件发生的地点。"内"指的是内景，"外"则指外景。两个标识后面都应该跟一天中的某个时段。场景标题的主要作用是说明场景的地点，以及场景所处的时间究竟是在白天还是夜晚。避免使用像"黄昏""黎明""傍晚""午后不久"这类描述时间的词语，因为它们在实际拍摄中没有任何意义。比如：

> 内　教室 — 日
>
> 外　药店 — 侧门 — 夜

场景标题和接下来的台词千万不要分开。你之所以购买编剧软件，是因为当你往剧本里加东西时，编剧软件会自动帮你完成上述操作，台词也会相应地进行调整。

场景标题应该用标准化的方式进行书写，这样摄制人员就可以确认同一地点拍摄的所有场景了。要返回某个地点时，你应该用原先写那个场景标题所使用的语言风格写现在的这个标题。美术指导会先浏览剧本，再算出需要设计多少种不同的布景。假如同一场所你使用了三个不同的名字，美术指导就会把它算成三个不同的布景。换言之，你不要在第一个场景标题里写"约翰的屋子"，在另一个标题里写"那间屋子"，然后又在其他标题里写"麦卡弗里的屋子"。大多数编剧软件会记录下你写的场所或者将它们一一列出来，这样你在写新场所时它便会提示你。然而为了保持一致性，编剧仍需在开始写场景标题前想想这个问题。

写场景标题的惯常做法是从整体的、格局更大的世界缩小到更具体的地点。比如：

> 内　纽约市 — 广场酒店 — 酒吧 — 夜
>
> 外　俄罗斯大草原 — 村庄 — 日

假如整个故事都发生在一个地方，比如纽约，那么你只需在剧本开始的定场镜头的场景标题内注明这座城市就可以了。

内／外：斜线是场景标题的一种变形。当动作发生在窗户两边或同时发生在两个场所内时，斜线就派上了用场。比如：

内／外　厨房／屋前草坪 — 日

玛丽看着直升机降落到房前的草坪上。

定场镜头：此镜头拥有极其广阔的视野，能让观众大致了解背景是什么。此镜头通常用于表现以下的地点，如山脉、城市的全景。编剧一般是在人物更换地点时利用定场镜头去完成转场。

例如，假设剧情从迈阿密转到了纽约，在拍摄内景前你可能会先拍一个"大苹果市"[①]的定场镜头。

外　阿默斯特的郊外 — 日（定场）

内　大都市图书馆 — 书架 — 日（定场）

· **描述或动作台词**

场景标题下面的第一行文字：新场景的第一行字一般都是描述性语言，绝不可能是对话。你写的描述性文字应该给出明确信息，告诉读剧本的人哪一个人物和哪些重要的道具会出现。对于描述性文字，还有一点也相当重要，那就是它应该定基调并给出事件发生地的概貌。这需要编剧用巧妙简练的手法完成。编剧应该标明少量的关键细节，这样采景人员和美术指导才能清楚该如何布置剩余的场景。

下面是一些例子：

外　新英格兰地区的一处墓地 — 1895年 — 日

---

① 纽约市的别称。

落叶散落在草地上。

一束束散乱的鲜花倚靠在风化的灰石碑旁。一个女人经过，树枝啪的一声在她的脚下被踩断了。

内　卡内基宅所 — 餐厅 — 夜

陈设讲究的餐桌上摆满了供二十个人享用的佳肴。一名女佣急促地走进屋内，点燃了餐桌中央的蜡烛。

禁止重复：场景标题里已有的描述性信息就不要再重复了，也就是说，下面的写法是错误的。

内　谷仓 — 日

约翰在谷仓里。

地点我们已经知道了。你在场景标题里就已经告知我们约翰所处的位置了，现在你该告诉我们他在干什么。

避免使用副词：尽量不要在动作台词部分使用副词。让演员演出来，让他们用视觉化的方法呈现出人物的内心。比如，不要这样写：

约翰紧张地坐在书桌旁。

你应该这样写：

约翰用铅笔轻轻敲打桌面。面前的闹钟一响，铅笔便在他的指间折断了。

避免使用动名词：不要在动作台词部分使用动名词，因为它会削弱行文的感染力，并占用太多的空间。比如，不要这样写：

玛丽坐在（is sitting）角落里的一张长椅上，舔着（licking）手里的蛋卷冰激凌。

你应该这样写：

> 玛丽坐在（sits）长椅上，舔着（licks）手里的蛋卷冰激凌。

避免使用"孤儿词"：尤其在描述性文字和动作台词部分，不要一行只写一个单词——我们将这样的单词称为"孤儿词"。再次说明一下，不能这样做的原因，从技术上看是它相当于把整个剧本的时间安排抛之脑后了；从美学上看是一行一个词会让剧本显得支离破碎；从艺术风格上看是故事所占的篇幅才一百页左右，编剧更应该好好利用这些篇幅。如果每页都留了一个"孤儿词"，最后剧本会多出差不多两页来，而这两页本来可以在叙事上发挥更好的作用。

· 镜头和技术性说明

不要过多地使用镜头说明。业内人士对那些试图当导演或摄影师的编剧非常警觉。一名优秀的编剧很少需要提到镜头的用法。行文若足够视觉化，读的人自然会清楚银幕上发生的一切。

不要使用下面这些表达方式。比如，"我们看见约翰走了进来""摄影机跟随约翰来到柜台前"，或者"约翰出现在镜头里"。编剧尤其不要用"我们看见"……把这些统统删掉。你在剧本里描写的东西我们都能看见！

在行文中，人物的名字或物体的名称如果并非第一次出现且大写就表示这里是一个特写镜头。你不需要特别标注"特写"。

推轨镜头：属于长镜头的范畴，作用是绕着某个地点移动，展现该地点的细节。编剧需要先把推轨镜头展现的视觉图像列出来，再打"……"。比如：

> 教廷的会议正如火如荼地进行着。

唱诗班的领唱跟着颂歌的曲子朝空中打拍子……

一对青年男女在唱诗班的队伍里打情骂俏……

一群信徒向空中挥舞双手，哭哭啼啼……

插入镜头：属于特写镜头的范畴，演员通常不会出现在镜头内。它的作用是展现场景里一些不同于主体的细节。

比如，你正在写美墨战争期间发生的一场战役，你想展示战役发生地的疆域图，那么你应该这样写：

插入 — 俄国地图，1834年

如果想看人物读的是什么，或者想知道他表上的时间，你也可以使用插入镜头。这些镜头是分开拍摄的，在剪辑的过程中才把它们插入某个场景中。

叠：即"叠化"的缩写，指的是在剪辑过程中，某个标题或图像被添加到银幕上的另一个图像上面。通常如下表示：

一座美丽的小镇因一棵棵树木绽放出的秋日色彩而焕发生机。

叠：马萨诸塞州阿默斯特，1840年

叠化的另一个用法出现在《现代启示录》（*Apocalypse Now*，1979）的开场部分。主角的头被上下颠倒，然后被放置在森林、战场、直升机等画面上。这里，叠化的含义是向观众说明，那些画面依然萦绕在主角的脑海中。

交互剪辑：将两个场景剪辑成一个场景，用来展示同时发生的事情。

比如，一对新人在婚礼上宣誓的场景可以用讽刺的手法将他们的婚外情或二人与他人打情骂俏的镜头剪辑在一起。

· **转场的标注**

在长片剧本中，像"叠化""淡入""匹配剪辑""匹配叠化""切至"等标注均属于剪辑手法，不要过多地使用。编剧应该把这些东西留给剪辑师和导演去决定。

尽管如此，编剧偶尔也可以标明对主题极具影响且感染力十足的转场，或者标出展现时间流逝的转场。

匹配剪辑：将一个场景中某个镜头的主体与下一个场景中某个相似或相关联的主体进行匹配。

比如，将印有亚伯拉罕·林肯（Abraham Lincoln）照片的书的封面与林肯总统出现的场景进行匹配剪辑。

插入书的封面的镜头：一张由布雷迪（Brad）拍摄的，泛黄的葛底斯堡演说照片。

匹配剪辑至：

外　葛底斯堡 — 日（1863年）

全身被雨水浸透的群众安静地站着。林肯站在台上，仰望天空。

匹配剪辑还有一个作用是表达一种深层的含义或展示两个客体之间的联系。比如，将一只幼鸟吵着进食的场景与婴儿喝奶的镜头进行匹配剪辑。这个段落说明了婴儿的特点。将画家粉刷建筑的场景同女人化妆的镜头进行匹配剪辑。这个段落对化妆的目的做出了解释。

叠化： 经常被用来表示闪回、时间的流逝或梦境。不要把它与蒙太奇混淆在一起。叠化是两个镜头的融合，完成的方式是同时将一个画面的淡出（银幕变暗）和另一个画面的淡入连接在一起，并且画面以相反的密度[1]从昏暗变到中等亮度。简而言之就是头一幅画面消失在下一幅画面之中。叠化涉及两个画面的融合，千万不要使用空白或昏暗的画面。

· **蒙太奇和系列镜头**

蒙太奇： 蒙太奇与系列镜头的区别在于，蒙太奇镜头的顺序或序列对叙事极其重要。在蒙太奇内部，图像的并置有深层的含义。应该注意的是，所有的事件发生地需要在此前的故事中进行描述并构建完整。

蒙太奇 —— 迈克尔成为教父

1. 迈克尔抱着婴儿，牧师在诵读经文。

2. 市区的一条街上，艾尔·内里（Al Neri）在检查自己的武器。

3. 牧师对婴儿施行浸礼。迈克尔点燃了一根蜡烛。

4. 内里冲进屋内，杀死了蒙·格林（Moe Greene）。

系列镜头： 你可以把系列镜头当作定场镜头的具体化操作。如果定场镜头让我们最大限度地看到了某个场所的全貌，那么系列镜头则带领我们进入那个场所，让我们进行深度探索。

---

[1] 这里的密度（density）是指底片或感光材料经过曝光、显影、定影后在单位面积上金属银颗粒所沉积的数量。金属银颗粒沉积得越多，光线越不容易穿透，这个面就越密（dense），反之越薄（thin）。

再次强调，在这里，镜头的顺序不是特别重要。

系列镜头 —— 马戏团表演的尾声

» 部分小丑在蹦床上跳来跳去。

» 一名杂技演员在高空中走钢丝。

» 两个小孩吃着粉色的棉花糖，全神贯注地观看表演。

» 一群马在场地中心腾跃。

» 马戏团的领队在指挥一个小型乐队。

· 电视格式的变体

虽然故事片剧本的基本格式规则可以套用到电视节目上，但每一个电视节目都需要遵循其独特的剧本格式规定。尽量找到你想写的节目的剧本样本。网上有大量可以获取剧本的途径，另外不要忘了还有WGA的网上图书馆。如果找不到剧本样本，又或者你写的是某个新节目的先导片，那么你需要记住接下来这些基本的写作规则。

幕间（act breaks）：所有"幕"必须留有插播广告的时间，因此编剧需要对剧情的发展做大量的结构性修改。

新的一幕开始于页面的顶端。输入"第一幕"——两倍行距后空一行，再输入"淡入"。

第一页的第一幕应该把标题"第一幕"放到这一页顶端的正中央。"第一幕结束"则放到这一幕的最后一页的底部。每一幕结束后都应另起一页，然后在新的一页的中间往下写新的一幕。

第二幕的起始页应该把标题"第二幕"放到这一页顶端的正中央。在最后一页的底部中央输入"结束"。

单机位格式	
三十分钟的情景喜剧	二十八页到三十一页：总共两幕，每一幕接近十三页。
六十分钟的情节片	五十页到八十页：总共四幕，每一幕接近十四页，再加一段吊人胃口的前奏（四页到六页），有时还会有下集（下季）预告（两页到四页）。
多机位格式（三个机位拍摄）	
电视节目剧本的对话全部都使用两倍行距。标准时长为一个小时的完整剧本通常为五十二页到五十九页。	

第十五章
其他格式规定

下面的剧作与格式指南，有的属于基本的格式规定和定义的范围，有的则不属于这个范围。

冠词：不要省略冠词（a、an、the等），因为剧本不是大纲。

黑体字：除了标题外最好不要使用黑体字。由于业内人士没有赋予黑体字明确的意义，如果你用了黑体字，他们会被搞糊涂。在场景大纲里，黑体字可以用来强调文中第一次出现的人物名字，但除此之外，其他用法均会给人们造成困扰。

过度使用大写形式：大写形式用得越多，其重要性就越不明显。以下情况必须使用大写：声效、镜头说明、转场标注、第一次在剧本中出现的人物名字以及对话上方的人物名字。其他时候使用大写形式均会转移读者的注意力并使人非常困惑。

人物描写：在描写人物的时候，不要在你最不能掌控的领域内大写特写，也就是人物的外貌特征。不能仅因为你写了人物应该是个黑人、高个子或长了蓝眼睛而在选角时就将某个演员排除在外。你可以稍稍地关注一下这个问题，但是对你而言，更重要的是对人物心理状态的描写。你有一句话的机会介绍人物，展现他的态度。除此之外，人物的所有描写都应运用视觉化的手段来完成——他们的穿衣风格、走路姿势、会在意的东西以及其他人对待他们的方式。在描述人物的心理活动时，你应该使用简洁并能引起观众共鸣的语言。

注明特写镜头的快捷方法：这是一种没有使用镜头术语（如"特写"、"角度对准"或"中景"）而创制了新的摄影角度的手法。其使用方法就是将某个段落中镜头主体的名称独立成行并大写。下面举两个例子：

奥斯丁·迪金森（Austin Dickinson）

他咬着一根吸管，三心二意地听着农场主讲农场的事情。突然，他迅速溜掉，把吸管扔到了地上。

如果是在不间断的动作描述中，请这样写：

苏的视线下移到身旁的教堂长椅上。奥斯丁戴着的那双崭新的绅士型手套与她自己这双缝了又补的破旧手套形成了强烈的对比。

苏面露娇媚的微笑，抬头往回看了一眼奥斯丁。

内部场地：如果某个地点被包含在更大的场地内（不管是在内景里面还是外景里面），场景标题（参见第十四章的"场景标题的规定"）的省略形式在这时可派上用场。例如，你把场景设置在一家夜店里，首先你需要输入总体的场景标题：

内　夜店 — 夜

大体描述了发生在夜店里的动作后，你需要再把这些动作镶嵌进夜店的具体位置中。比如：

吧台

两名身着军用雨衣的男子占据了吧台末端的两个高脚凳，并紧紧地握着两杯马天尼。

电话中的交叉剪辑：如果要在两地间使用电话中的交叉剪辑，最简单的方法是在其中一方的台词结束后描写两方所处的地点，从而表明你想从一个场景切换到另一个场景。然后你需要继续写对话，一直到结束，再选出你希望看到的最后一个地点作为结尾。

只要剧情适合对某个具体人物进行着重描写，你就可以通过转换场地的方式详细说明什么人物会在什么时候出现在镜头里。这样做对你百利而无一害。

道具：道具千万不要大写。

人物与对话分离：千万不要把人物的名字同人物说的话分隔开。

场景标题与随后的动作台词分离：千万不要将场景标题同随后的动作台词分隔开。如果某一页的底部出现了这类问题，你必须想办法去解决。

音画分离：不要把音效与对应的画面分隔开。如果这样做，剧本的时间安排便不复存在了。在现实中，声音与画面是同步进行的。

第十六章
总结：令你的剧本无法通过的格式错误

1．**不要在剧本中附加任何东西**。除了文本本身以外，禁止附加任何插图、照片、剪报、佐证材料、选角推荐表、外拍场地表或其他任何东西。

2．**错误的字体或字号**。Courier 12是唯一的专业字体。

3．**彩色纸、彩色字体、花哨的封面**。这些东西的存在证明了你是个业余编剧，不要试图利用不恰当的方法引起别人的注意。

4．**页数过多**。读评人只需摸一下剧本就能知道页数是否过多。读评人更喜欢在成堆的剧本中挑选短一点的剧本来读。

5．**语法错误、拼写错误、打印错误**。大家会认为，如果你连这么简单的事情都不愿意花费心思，那些更难的事情，如剧情、人物和意义层级，你肯定无法搞定。一名制片人曾告诉我们，如果她在一页纸中发现了三处错误，她会直接把剧本扔进垃圾箱。

6．**剧本冗长**。不要在一页中打大段的文字。除了读起来比较费力外，这样的剧本会示意读评人，该编剧简直是一个控制狂。动作段落和打斗段落千万不要设计得过头了。剧本写得短一点，导演才能有充足的时间进行各种尝试。

7. **笔墨不够**。剧本可不是大纲。

8. **越俎代庖**。不要想着对人物的外貌进行明确描绘进而承担选角导演的工作。不用特意强调地点、人物和道具的细节，除非它们对基调和故事有不可或缺的作用。

9. **不要滥用镜头进行说明**。就算是不清楚格式术语和行话的人也应该能读懂剧本。编剧需要操心的事情是该在银幕上呈现什么样的故事，导演的工作才是琢磨如何把剧本进行视觉化的改编。

10. **使用辅助说明指导演员**。当当下的情绪无法从上下文中判断时才会用到辅助说明。演员的工作就是想出五种最佳的方式说出这段台词。

11. **没有出现的转场镜头**。编剧需要把所有展现场地的小的定场镜头都写到剧本中，这样读评人才不会被搞糊涂。剪辑师可能会在最终剪辑的时候将其中一些镜头剪掉，但他们会在后期制作的过程中需要所有镜头。

第三部分
职业编剧

第十七章
现在该做什么？

"淡出"二字也打了，剧本初稿也写完了——万岁！现在你该做什么呢？把剧本寄给斯皮尔伯格吗？肯定不是。

丘吉尔在不列颠之战结束后这样说道："战争还没有结束，甚至连结束的意思都没有。但是，这预示着战争的结束。"在把剧本寄给业内人士，或者付钱让剧本顾问修改之前，你还有大量的工作需要完成。

输完"淡出"后，你可以做以下事情：

1. 庆祝一下

2. 好好休息，不看剧本

3. 重读并进行修改

4. 听取同行的反馈意见

5. 听取专业人士的反馈意见

6. 再次修改

7. 完工

8. 剧本问世

9. 开始创作下一部剧本

你可能很想跳过上述步骤，但千万不要这么做！

庆祝一下

这不是一句玩笑话。每一部初稿的完成都犹如一项重大工程的竣工。你知道大多数写剧本的人都有始无终吗？你需要享受这份喜悦。初稿的完成具有里程碑式的意义。尽情沉浸在这份喜悦之中吧。如果你想成为一名专业编剧，那么庆祝这件具有里程碑意义的事情则显得尤为重要。支票上的数字并非值得你庆祝的唯一理由。假如你把自己成功完成目标视为一次重大的胜利，你会更加幸福。快去买一顶印有"编剧"字样的棒球帽吧。

好好休息，不看剧本

接下来，你需要让自己休整一段时间。理想的做法是至少一周都不去碰你的剧本，然后做点儿别的事情——任何事情都可以。如果你要赶工，无法休息这么久，最少也要休息二十四个小时，让自己的身心都远离剧本。休整的这段时间是一次非常宝贵的机会，它让你用一种新的视角审视自己的剧本，这反而会更好地帮助你今后的写作。

重读并进行修改

休整之后，你该重读自己的剧本了。千万不要连剧本都没有再读一遍就跳到修改的步骤中去！令我们惊讶的是，许多编剧连自己的作品都没有通读完就来找我们索取反馈意见。如果连你自己都不通读完，你凭什么要求别人也想看你的剧本呢？

我们建议你把剧本打印出来，不要在电脑上面看。拿着实实在在的纸稿能强调此剧本是真实的存在，这会给编剧的心理带来诸多积极的影响。的确，这样的行为可能不太环保，可我们认为它给心理带来的有利影响比给环境造成的污染更重要。编剧从事的是对想象之物的创造，纸稿是很必要的，因为它令我们相信自己完成了一些东西。在这个阶段打印剧本的另一个原因是出于版权的需要。留下作品的初稿和电子文档是一个聪明的做法。如果你坚决不打印剧本（或者打印机没墨了），那么至少请你把文档保存为PDF格式，在平板电脑上当作电子书来阅读。

接下来，你需要花几个小时的时间全神贯注地通读你的剧本，不要急于修改。坐下来一口气读完剧本，就好像你坐在影院看着它在银幕上铺展开来。读完后，在写批注之前，你要先拉伸一下身体，让自己休息一下。在正式开始写批注的时候，你需要用客观的视角理清你的思路，再思考一些根本性的问题：故事的哪些地方能吸引我？哪些地方令我觉得很无聊？哪个人物突然在片中消失了？哪个人物比较像道具般的存在？剧本中关键的情绪时刻有哪些？哪些剧情是清晰明了的，哪些又是未知模糊的？

下一章涉及重写的时候，我们会详细展开讲，而现在你只需要写简单些就可以了。你要把这些批注刻在脑海里,再回去读剧本,在通读的过程中把你发现的那些小的问题标注下来(同时也要抵制停下来立刻着手修改的诱惑)。

好了,剧本已通读完了,格式错误的地方也修改了,现在你可以把剧本寄出来了吗?当然不行。

现在你可以准备接受下一轮的修改了。这一轮你的目标是竭尽所能将剧本改得更好。尽量不要在你不知道如何修改的地方耗费精力,你应该把精力花在自己最有把握的地方。要是你卡在某个特定的部分,立即换到下一个部分就可以了。读一读我们写的有关重写的章节,只要是你自己能做到的,你就尽量去做。再读一读我们写的有关格式的章节,你要确保自己修改的东西能达标。这可能会花上好几天、好几周,甚至好几个月的时间。在进行这个步骤时,你要记住一句话——"尽自己所能"。懒惰和追求完美之间存在一个平衡点。你知道自己的剧本还不够完美,但是你可以在能力所及的范围内解决该解决的问题。

那现在我可以把剧本寄出来了吗?

可以了!不过你不能寄给制片人或中介,也不能寄给你的母亲。你目前处在需要听取反馈意见的阶段。你需要的是正确的反馈意见,因为剧本正处于一个不太成熟的阶段。没有受过专业训练的人还不能阅读你的剧本,你想取悦的人也不能阅读你的剧本。有两种人的意见是你目前需要的——受过专业训练的人,以及专业的导师和剧本顾问。

听取同行的反馈意见

如果你加入了某个编剧团体,这个时候你可以让团员们读一读你的剧本，并让他们提出意见。即使你没有加入任何组织，又或者你在方圆一千五百米以内都找不到第二个编剧，你仍可以从同行给予的反馈意见中受益。在这个数字化的时代，有很多途径可以帮助你同其他编剧取得联系。找一找网上的编剧团体并加入讨论的板块。想清楚你到底卡在了什么地方，你要就这些地方进行详细的询问。在处理同行意见的时候，你可以顺带回顾一下本书有关写批注和收取批注的章节。

听取专业人士的反馈意见

千万不要听取低劣的、噱头十足的空洞意见。在此阶段，这种意见对你没有任何帮助。你需要的是那种对故事、人物、结构、主题、对话、格式和市场状况进行具体分析的意见。此类批注至少需要顾问花一整天的时间才能做完。你也可以花钱打电话咨询，这样除了收到手写的批注外，你还能问一些问题。在做这一步的时候，你一定要确保自己的钱花在了刀刃上！如果剧本递交得太早，许多地方考虑得还不够周全，这些反馈意见对你而言就是在浪费资源。你所展现的专业性不管是在现在还是今后均十分重要。

再次修改

在意见采集并处理后，你可以回到电脑前着手新一轮的修改工作了。此阶段的长短取决于你收到的反馈意见的类型。不管怎样，这个过程都十分重要。截至目前，你的"孩子"完全是由你自己头脑中的想法孕育出来的，而现在你将基于别人对剧本的认知来处理这些反馈意见。有些编剧比别人更擅长跳出自我的认知，发现不一样的风景。

这么做要么会成就你的剧本，要么会毁了它。创作从此阶段将开始变成急需通力合作的过程。请谨慎前行。

完工

意见吸取了，不好的地方也改了，为了听取更多的意见，你需要把剧本再次寄出去。这次你收到的是热情洋溢的好评。

现在我可以把剧本寄给制片人了吗？仍然不行，因为你还有极其微小却十分关键的一步要进行：完工。

我们说的"完工"指的是剧本已经可以拿给外界阅读了，而根据行业的标准，这才是你正式的初稿。如果你的剧本获得了销售权，抑或被卖了出去，接下来你很有可能要走上一段漫长的修改之路。之后的章节我们会详细讲这一点。但是，说剧本"完工"这样的话对你的这颗"编剧之心"而言是一件非常重要的事情，因为这不仅意味着你不用再修改剧本了，也表明剧本没有什么不合理的地方了（只是暂时而已）。剧本"完工"是你可以好好庆祝的理由之一——那就去庆祝吧。接下来……

剧本问世

好了，年轻的绝地学徒①，这一刻终于到来了。现在请你带着剧本进军好莱坞吧。我们会针对这一步介绍相关的策略，在后面几章里详述的。不要觉得害羞，毕竟剧本已经完成了，是时候将你的剧本展现在大家面前了。

---

① 《星球大战》（*Star Wars*，1977）中的绝地学徒（Padawan），这是成为绝地武士之前的必经阶段。

开始创作下一部剧本

告诉你一个真相：坐在影院看着摄制人员名单在银幕上滚动时，你才完全跟某个电影项目脱离了关系。职业编剧不会把所有的鸡蛋都放进一个篮子里，此时他们会开启下一部剧本的创作工作。你会惊奇地在老剧本里面发现很多新的视角。开始新的创作可以令编剧不再那么急切地只紧盯着一个项目。我们不仅应该视每一部作品为自己的圣杯，还应该把它们当作伴随职业生涯的发展我们需要创作的一个又一个的故事。

第十八章
重写

批注：

- "编剧在寄给我之前读过自己的剧本吗？"

- "剧本支离破碎，不连贯。"

- "剧本中因粗心大意所犯的错误实在是太多了。"

- "写这个剧本的人完全没有为读者着想。"

- "剧本的构思不错，可是编剧还需要修改两三次才行。"

我讨厌创作，我爱创作之果。

——多萝西·帕克（Dorothy Parker）

编剧大致分成两大阵营。一个叫"初稿数量颇丰"阵营。这类编剧写了许多初稿，虽然他们的稿件页数令人刮目相看，但他们的职业是停滞不前的，因为作品的深度还达不到要求。他们倾向于死死抓住这些初稿，不愿拆解它们从而使其更具感染力。这类编剧只是看上去很有造诣，假如他们无法合理处理批注意见或者在合作时难以做出改变，他们最终只会落得一败涂地。这类编剧需要学习如何依赖他人获取反馈，同时还要不断挑战自己，向深层迈进。

另一个叫"我的宝贝"阵营。这类编剧也许只创作了一部剧本，却重写了五千万次。跟咕噜（Gollum）①一样，他们就是不肯放下。他们将作品改了又改，没有完工之日，要是不再多改改，他们害怕别人会拒收自己的作品。这类编剧常常觉得自己缺乏造诣，因为他们的作品少到难以用作品来展现自己所有的努力，反过来他们还会过早地自暴自弃。真实的情况是，这类编剧只需要多花些时间（多增加些自信）磨炼自己的技艺就可以了。他们习惯对自己的作品进行深度思考，如果坚持下去，他们不仅能找到出路，还能创作出伟大的艺术作品。换言之，要是你能从他们手里撬出作品，你将会看到伟大的艺术作品的诞生。

我们的好友罗恩·奥斯丁（Ron Austin）在电视圈闯荡多年，他曾提到过一种现象，名为"一部半剧本之驼峰"。这句话的意思是，编剧写了一部半剧本后，会突然意识到写剧本并非一件容易之事。灵感和乐观的心态常常激励着我们写第一部作品，然而写着写着，现实之光便照了进来。在开始写第二部剧本的时候，我们下定决心，想把它写得比第一部更好，可是怎样才能做到呢？写作需要训练，践行这一点却很难，这需要经过长时间的大量枯燥无味的学习和练习。编剧如果坚持下来并完成了第二部作品，他成功的概率就会大大增加。

没有人指望自己第一次坐在钢琴旁就能弹奏出肖邦的曲子，可是许多人刚接触剧作时就怀有这种想法。有话可讲与清楚该如何去讲是

---

① 《指环王1：魔戒再现》中的角色，它对魔戒持有无尽的执念。

两件完全不同的事情。编剧常常能发现自己剧本中存在的问题，然而要等很久才能练就解决这些问题的能力。这可能是一次使人气馁的经历，不过拥有这样的经历十分必要。掌握编剧技巧的唯一途径就是不断地写剧本。

随着时间的推移，有些事情会变得容易一些。我们刚开始写剧本时也许会修改五六稿，而现在仅需一稿就能解决之前所有的事情。但是，这并不意味着编剧的创作过程会变得更简单，或者编剧可以少写一些了，这只能说明编剧的技艺比以前要更精湛而已。

重写的形式非常多。许多编剧在打磨初稿的时候就会自己进行校对并重写某些部分。有的编剧在写初稿的时候会完全不理会校对的事情。不管你用什么方法，更多的修改工作必定在前方等着你。

完成剧本的打磨其实有许多层面的因素。我们建议你从以下几个方面来重审你的剧本：

1. 清晰明了的表达

2. 基调和步调

3. 情节

4. 人物

5. 主题

6. 对话

7. 音乐和声音

8. 视觉图像

9. 奇观

10. 格式、拼写、标点和语法

清晰明了的表达

清晰明了的表达乃王道。编剧在写初稿时会碰到如下的问题："剧本写清楚了吗？""我想说的东西都讲到了吗？""它说得通吗？"如果可以的话，你应该请别人读读你的剧本，然后就故事是否易懂的问题请他人为你提出反馈意见。"让表达清晰明了"听上去不像一个很难的修补办法，可是在修改时，它却常常被忽视掉。如果你写的故事乱七八糟，不管人物有多聪明或主题有多出色，它们的重要性都会大打折扣。

基调和步调

基调跟清晰明了的表达一样也常常被忽略，尤其是在初稿的写作过程中。你需要通读剧本，找出其中的情感高潮与低谷。剧本的基调与类型吻合吗？假设这是一部喜剧片，它会使你捧腹大笑吗？如果是一部情节片，它会使你潸然落泪吗？注意那些情感平平或者基调需要改动的地方。

你写的故事是很快就读完了，还是读起来感觉很拖沓？故事是太长了还是太短了？事情的发生来得太快还是太慢？根据剧本的基调，动作部分与停顿部分的数量设置合适吗？如果有必要的话，你还是先听取一些关于步调的基本反馈意见。如果你听到别人说剧本"读起来很紧凑"，这便意味着剧本呈现的步调令读者很感兴趣。

情节

接下来，你需要理清情节并进行修改。故事情节有开始、发展和结局吗？你可以再看一遍本书有关情节的章节。开始部分的那些必要元素都写了吗？有没有对其进行解释？在发展部分，推动情节的冲突是否够多？故事的结局令人满意吗？动点和场景有无互相构建？

人物

找到人物想要的和需要的东西。这两样东西在故事中是否处于明显的位置？主角是否做出了推动故事向前发展的主动选择？主角成长了吗，有无任何变化？主角有无做出牺牲或敢不敢直面恐惧？配角的情况又是如何的呢？

在写初稿的时候，你很有可能是通过主角的视角去审视自己的故事的。在重读的时候，你需要用每一个配角的视角再去审视一遍这个故事，看看自己又发现了什么样的深刻见解。写一份关于人物的报告是一个不错的想法，这份报告可以展示每一个人物的台词量和场景数量。"Final Draft"软件有个功能可以很容易地解决这个问题，你只需要靠数场景的数量就能发现许多问题：配角在你的故事里有足够多的戏份吗？有些角色需要被删掉或者同其他角色合并吗？

主题

我们认为故事至少需要一个可用的主题。在动笔时，编剧应该有一个故事样貌的总体概念。然而重写阶段才是界定主题并对其进行打磨的时候。许多初稿处在多重主题的萌芽阶段。此时你需要把你认为正在成形的主题列一个表（或者你可以请别人帮你确定一下）。在这之中，你想让哪一个主题成为故事聚焦的基本主题？梳理每一个场景，提出基本主题并削减其他主题的数量。没错，你可能需要剔除那些无法服务于主题的元素。相信我们——这么做是值得的。

对话

检查对话是否可行的最佳方式是让演员大声地念出台词。绝大多数台词都需要再打磨，或者添加更多的潜台词进去。

音乐和声音

故事的声音部分是什么样子的？在影片中可以运用什么类型的音乐来升华主题？

视觉图像

就视觉而言，你可以在故事里加入什么样的东西使之具有纵深感？美术设计的部分怎样才能为故事的主题、基调和奇观添砖加瓦？

奇观

确定电影中的关键时刻。首先，你得问自己，剧本里有这样的时刻吗？其次，它们在哪里？通常情况下，动作段落或要求加入特效的场景都需要格外关注，这样才能将编剧的想象力转换到银幕上。

格式、拼写、标点和语法

上述所有部分都修改好后，再通读你的剧本，看看格式是否有误。确保剧本中的场景具有连贯性。翻看关于格式的规定，查看交叉剪辑或蒙太奇等是否有标注。

最后还有一个要点，带着校对的目的再通读一遍故事，不要忘了检查拼写。再看一遍剧本，查找在检查拼写时漏掉的那些错误的语法。如果这不是你的强项，你可以请其他人帮你看剧本并校对文字。千万不要跳过这个步骤！

第十九章
故事货币：剧本概要、故事梗概、故事计划书、动点进度表及场景大纲

批注：

- "我要的是一份剧本概要，结果他给我送来的是林肯总统的连任演讲词。"
- "投资人想看的是没有专业术语的故事。"
- "这不像一份剧本概要，更像一张贺卡。"
- "这篇故事梗概也太草率了。"
- "这份场景大纲写得太长了。我们没有那么多钱投在这部电影上。"

大家常说故事在好莱坞仿佛流通的货币。储存在诺克斯堡的黄金是美元和美分的实际价值的体现，而构成影视业的各式装备、专业人士、制片公司及其他分支工业的价值体现就是故事。

货币的不同面值代表不同数量的黄金，影视业进化出了一整套书写文件，它们代表着不同面值的故事价值。从这个比喻来看，一个

剧本的价值相当于一百美元，因为剧本是构思最完整的书面表达的体现。

电影工业内普遍存在着一个有关故事文书的困惑，造成这个困惑的原因则是人们给为数不多的相似的基本故事产品取了不同的名称。这就好像人们会把一美元（dollar）叫作"buck""greenback""clam""one-spot"一样，好莱坞会把相同的两页纸称作"摘要""梗概""简要梗概""单件""简要场景大纲"。

上述这些术语对试图达到制片人要求的编剧而言没有任何帮助。因此，为了进行清楚的区分，我们将给这些基本的故事研发手法取正式的名字。每接一份工作，你都需要问清楚制片人："您说想要一份场景大纲，这个大纲是这样的吗？"

一、值一美分的想法：剧本概要

关于"你写的是什么"这样的问题，编剧在一年内会被问无数遍，而剧本概要（logline）就是对此问题的简略回答。剧本概要犹如一个钩子，能钩住工作繁忙的中介和制片人，让他们看一眼你的剧本。所以以防万一，你必须随时准备一份吸引人眼球的剧本概要。

剧本概要的起源地是好莱坞早期大制片厂布满灰尘的地下室。未被选中的剧本被高高地堆在仓库的架子上，每一堆大概有十五到二十部剧本叠在一起。"饥肠辘辘"的导演不管何时进来找可以开拍的新剧本都会发现这里总是一团糟。所以制片厂的档案管理员会在每个剧本的书脊处标注一句话，简述某个故事的大概样貌。这段描述需要标注电影类型、主要剧情及电影的大致预算。

经过多年的发展，剧本概要演化成了故事概念的一个组成部分。大多数剧本概要一文不值，大家都会讲的一句话道出了其中的缘由——"概念可卖不出去"。尽管如此，一旦某个概念落实成书，你第一次用于推销的剧本概要则显得无可替代，因为此次推销要么会为你赢得一次赞赏的点头和一张名片，要么会让你看到一个呆滞的眼神。

对于一名刚开始创作的编剧而言，有一件事情做了会很有帮助，那就是把故事浓缩成一份剧本概要，看看这个剧本是否有潜力被拍成电影。想象一名妻子在售票处排队买票时要说几句什么样的话才能把自己的丈夫也拽进电影院里？剧本概要不仅抓住了电影最终会呈现什么样的形态这一核心问题，还点出了观影体验这一核心议题。它让作品的"高概念"①特性浮出水面。

跟以前好莱坞的剧本概要一样，当今，一份优秀的剧本概要需要把类型、基调、时期以及故事的大概剧情呈现出来。还有一点也很有帮助，那就是剧本概要是否揭示了主题，以及发生在主角身上的主要斗争。下面是一些经典的例子。

《乱世佳人》：百折不挠的斯嘉丽·奥哈拉失去了一切却幸存下来，并且她还发现了自己的真实身份，这一点与南方即将陷入内战的悲剧产生了回应。

《泰坦尼克号》：巨轮已沉入海底，尝遍所有方法后露丝

---

① "高概念"（high concept）是指电影的大投入、大收益、大特效等特点。这类影片可以用一两句精炼的话概括自身的剧情，便于推销和宣传。在面向市场时，"高概念"电影有三个重要的营销法则，即"the look"（影片的视觉盛宴）、"the hook"（影片的故事卖点）、"the book"（影片的衍生品）。

（Rose）终于获救。

《超人总动员》：在一个超级英雄被视为非法存在的年代，他们中最伟大的那个人必须找到办法，从对手的手中解救同样是超级英雄的家人，同时他还要完成自己的天命。

当我们向新手要剧本概要的时候，我们有时得到的竟是电影的宣传语。这通常是一种带有小噱头的俏皮话，你在电影海报上常常可以看到。比如，《四十岁的老处男》（*The 40 Year-Old Virgin*，2005）的"亡羊补牢，为时不晚……"，或者《守护者联盟》（*Rise of the Guardians*，2012）的"冰霜侠杰克（Jack）不只是一个传说"。编剧千万不要用宣传语的形式写概要。相反，你应该将简练的笔法集中在故事的情节、主题和基调的表达上。

你还需要注意一点，剧本概要是大制片厂制度下的产物。近年来，此类制片厂倾向于制作剧情刻板老套的电影，这刚好符合了这种一句话式的总结形式。在过去的二十年里，许多电影都呈现出了惊人的相似性，我们甚至可以用1到10这样的类别号对其标注。比如：1.把《生死时速》（*Speed*，1994）的事件发生地挪到某个购物中心/火车上/飞机上。2.动作片中的主角带着一名有趣的跟班拯救了全世界。3.曼哈顿（或洛杉矶）一群二十多岁的年轻人不擅长谈情说爱。4.有"心"的坏人陷入了某种困境。5.某个大公司的职员发现了家庭的重要性……因此，剧本概要是不符合怪异感十足的故事要求的。这类故事来自新兴的独立电影世界，在这个圈子里，"用一句话概述故事"的行为会遭人反感。

剧本概要练习：你可以试试下面这个公式化的剧本概要并用自己的方式加以运用。"本故事是（类型），讲述了（人物）为了得到

（客体）采取了（行动），但最终得到了（教训）。"一旦掌握了基本结构，你就可以随心所欲地编造它了。

二、价值两美分的故事梗概

故事梗概（synopsis）是故事的第一个载体，你可以拿去注册版权，不过很少有人会这么做。故事梗概虽然比一个概念要丰富，却离一部电影的完整形态相差很远。在实际应用中，故事梗概并非用于起始阶段的故事研发。它更像是创作阶段结束后用于推销的工具。你的故事梗概能在圈内流通，就跟建筑师能初次设计自己的"未来小屋"一样，是一件很有价值的事情。故事梗概不是指导性的文书，更像能激起灵感和兴奋感的东西。

故事梗概主要是对你创作的故事进行简要的总结说明，包含了故事概念的全貌、作品的主题以及发生在主角身上的普世性斗争。同时，故事梗概也应对剧本的预算、基调、类型和受众进行说明。

下面这个例子出自IMDb（互联网电影资料库）上的电影《超人：钢铁之躯》（*Man of Steel*，2013）的故事梗概，由华纳兄弟影业的编剧执笔完成，执笔的时间是在剧本创作完成后。这篇梗概主要用于销售。

一个小男孩知道自己拥有不属于地球的超能力。长大后，他踏上了寻找自我的旅程——渴望知道自己从哪里来，自己被送到地球上做了什么。他身上的超能力只会在一种条件下显现出来，即他从毁灭的边缘拯救世界并成为全人类希望的象征之时。

要等故事被一一"分解"后再写梗概其实不太现实，况且"分解"的过程需要很长的时间。但是，梗概对编剧是有用的，因为它可以迫使编剧在创作的早期就将核心剧情浓缩成段，这不仅能剔除多余的垃圾剧情，还能告诉编剧故事中是否存在以选择为驱动的剧情。

还有一种文件也很常见，它叫作"单页件"，主要是由剧本概要和一到两段长的故事梗概组成的。读评人可能会写稍长一些（一页到一页半的长度）的故事梗概，因为他们需要为制片公司写剧本评估报告。一般而言，任何超过两页纸的故事梗概都会被认为写得过长了。

三、价值五美元的故事计划书

从研发的角度看，故事计划书是一种新型混合文书。实际上，这种文书主要用在客户和学生身上。在好莱坞，还没有哪种文书可以在制片人还未读既有的剧本之前就能清楚地解答他们想知道的关于这个剧本的一切问题。我们需要创建一种机制，以便让编剧关注一些可行的视觉故事概念的基本元素，以免任由他们将自己推入写作的陷阱中。

许多新手以惨痛的代价学到了一点，那就是剧本若动笔过早，重写故事和大量的修改便不可避免。有些剧本的故事情节过于粗糙，编剧无法对其进行补救，最后剧本只会立马"死掉"。许多编剧浪费了时间和斗志，写了无数页剧本，到头来却毫无用处。没有组建好故事的必要可行元素就大写特写，这无异于一次自我糟践的行为。

故事乃重中之重。一个翔实而严密的故事涵盖了创造完美剧本所需的全部DNA。然而，你要是漏掉了某些故事元素，你的"宝贝"

最终可能会落得跟《地球战场》（*Battlefield Earth：A Saga of the Year 3000*，2000）[①]一样的下场，而不会达到《阿拉伯的劳伦斯》这样的高度。在创作七十页让你饱受折磨却完全行不通的故事之前，你应该用以下内容来检验一下你的想法。你很快就会发现故事的哪个部分写得很完善，哪个部分写得很弱或者处于缺失的状态。

故事计划书

故事标题（暂拟）：这个标题会让影片的主题、类型和人物呈现出什么样的感觉？

剧本概要：用一句饱含情感的话概括影片的主要内容。

简短的宣传语：只用一段话概括并推销你的故事。用风趣、有条理的文风写出这段文字，并把以下信息囊括其中。

剧本的类型是什么？

故事是在何时何地发生的？

电影的预算是多少？（这是一部史诗级的大片还是一部怪异的小成本电影？）

电影的受众是谁？

影片中有哪些地方会让观众产生兴趣？怎样做才能让观众感到有趣？（想一想有什么东西可以让他们思考和幻想。想一想那些普世真理和奇观。）

电影主题：用文笔精妙且具有争辩性的句子陈述主角发生转变的主要动因。你也可以在其他句子里加入一些次级主题。

[①]《地球战场》是美国电影史上著名的烂片，受到评论界和观众的一致差评。

场所：描述我们将在电影里看到的、有趣且独一无二的视觉世界。这部电影在大银幕上会是什么样子？画面对基调和主题的设定有何帮助？假如这是一个标准化的场地（比如，法庭、酒吧、餐厅、客厅、办公室），请描述出标准化场地将如何在影片中呈现出新的形态。

人物简况：这部分至少有三页。

● 人物刻画：描绘人物的年龄、住址、外貌、智力、受教育程度、世俗理念、收入、个人风格及怪异癖好。请深入全面地描述该人物在银幕上展现的外貌和行为。

● 人物：他有什么样的天赋和魅力？精神不振的他会错过世间何物？观众为何会喜欢他？他的价值体现在哪里？要怎么做才能找到那些价值？他最需要的东西是什么？他受到的阻碍又是什么？

● 他的人生中有哪些主要冲突？他的人生中又有哪些深层的矛盾？

● 何人或何物能够成为支撑他前行的力量？

● 电影中的他有了哪些转变？什么样的事情会引领他进入自己的宽恕时刻？影片结尾时，他是如何发生了不可逆转的改变的？他的结局如何幻化成了一个新的开始？

配角简况：为剧本中的其他重要角色各写至少一段描述语，详述他们各自的性格和特征，并说明他们在故事里会经历怎样的转变。

故事梗概：将主要剧情分为一幕一幕的形式。这个部分至少需要五页。

● 第一幕：这部分将带我们领略影片前半个小时的主要剧情，包括主角的出场方式、主题的呈现方法和视觉图像的运用手段。你应该将观众喜欢看的、有意思的故事奇观展现出来，这样才能吸引他们。接着，你要带领观众经历导火索事件。这类事件会让人物通过选择开启故事之旅。你需要描述出阻碍人物前行的各种冲突，写出这些冲突的高低起伏，再介绍配角和支线剧情。本幕的结尾应该呈现一次具有视觉性和主动性的重要选择，该选择会让人物陷入新的两难境地。

● 第二幕：这部分将带领观众领略电影接下来一个小时的剧情。主角的境况是如何变得错综复杂的？人物的哪个行为在推动故事向前发展？观众能看见场所的哪些变化？人物现在处于什么样的位置之上，他的个人关系有何进展？增强剧情刺激性和悬疑感的元素是什么？是什么东西继续让观众觉得故事是有趣的？故事中段发生了什么样的重大剧情逆转？在第二幕结束时，什么样的事件会让人物的境况跌至谷底？你给第三幕设置了什么样的考验式剧情？

● 第三幕：这部分将带领观众领略第三幕的主要剧情。在这一幕里主角做了些什么？余下的冲突有哪些，人物是如何应对的？人物在这一幕里是处于自身关系的哪个位置？人物的某种禀赋是如何派上用场并推进故事迈向结局的？注明你将用何种方法完结之前的建置剧情。为了生，人物是如何"死"的？故事结尾时场所又有了怎样的变化？结局翻开了什么样的新篇章？

上面给的信息是不是太多了？如果你觉得不知从何时大脑开始犯

晕，那么不妨先放轻松，从你熟悉的元素着手。大多数编剧都是从少量的人物细节描写和某些故事点开始创作的，而有一部分编剧喜欢从有趣的场所着手。接下来，你得标注一下故事计划书中那些完全没有头绪的部分。如果你连场所、人物想要什么、故事的主题是什么都没有考虑，那么你得花些时间先好好想一想这些问题。优秀的故事需要花时间去完善。在埋头创作之前，如果你细心地回答了以上问题，你将会节约更多的时间。

若你能成功地完成计划书和故事创意，那我们就得好好恭喜你了！现在，你可以向制片人推销你的创意点子或者将你的想法转换为提纲，并着手创作了。如果你已经完成了稿子，不妨先试着写一份计划书，把它当作一次"石蕊试验"，测一测剧本中有哪些地方已经完善，哪些地方还需要修改。我们将这种方法称作"逆向工程"（reverse engineering）。不是所有剧本都可以通过这个方法补救的，但条件允许的话，找到上述问题的答案将会为你指明方向。

四、相当于吃了顿晚餐、看了场电影的价格：
动点进度表

对编剧而言，动点进度表是一份内部用的技术性文件。它通常没有什么实际意义，而且只有编剧能理解上面写的东西。事实上，除了拟表的编剧外其他人一概不懂上面写的东西。我们见过各种各样的动点进度表，有的很简单，只有两页纸，有的则用了复杂的图表，画了各种弧线，所有的空白部分分布满了潦草的笔记。

实际上，制片人也搞不懂什么是动点进度表。作为购买者，他们需要的是一份规范的剧本，至于动点进度表，他们只会心生怀疑，看都不想看。编剧若把动点进度表硬推到制片人的跟前，说这能证明自己工作进展的情况，那他很容易得到这样的回应——制片人挑起眉毛，然后说："我不在这个乎，让我先看到一页页的剧本后再说。"

在创作场景大纲之前，写动点进度表是一个不错且有用的步骤，因为它将焦点完全放在了情节上。动点进度表没有什么标准的格式，它是由一连串重要的选择和剧情组成的，同时它也是故事结构的基础要素。动点进度表分为一幕一幕的形式，通常它会将导火索事件、故事的发展及结尾逐一罗列出来并清楚地标明。在动点进度表中如果能看到每一幕的开始、发展和结尾以及故事的续发事件，这会对我们非常有用。

如果故事有互为补充的两个人物，我们就需要写两份动点进度表。两份表结合起来可以为我们揭示场景是如何分层垒叠从而将两个人物的旅程联结在一起的。

我们的客户和学生都非常想创作人物或主题，可一说到情节，他们要么会忽视它，要么会与之进行激烈的斗争，这个时候我们就会要求他们递交一份动点进度表。动点进度表犹如一条戒律，让编剧不放纵自己，从而将注意力重新放到情节上。没有情节就没有故事，人物也就无事可做，编剧也拿不出可以证明或论证主题的东西。

五、正儿八经谈谈钱的问题：场景大纲

现在，我们终于可以谈谈钱的问题了。场景大纲（treatment）也可以被称为"大纲"（跟简要梗概相反）、"分场大纲"，或用WGA

的话来讲，即"故事"（The Story）。写场景大纲需要花费四到六周的时间，这一过程也被业界称为"分解故事"。如果某个故事属于历史题材，或者作品中含有大量的调查研究，写场景大纲则需要花三到六个月的时间。

场景大纲是经过故事研发后的第一个产物，而且是有酬劳的，因此不管谁写了这份大纲都会被视为新公司的股东——我们称这类公司为"项目组"（The Project）。如果合约无误，不管谁写了这份大纲，都能看到自己的名字被打在"故事由……创作"之间。

与只关注情节的动点进度表不一样的是，场景大纲让剧本读评人了解了影片的类型、基调、人物以及其他的重要元素。场景大纲不需要那些具有美感的辞藻和画面，也不需要像电影那样对场景进行细致的划分，它的目的就是传递出故事的整体感——用粗线条的笔法，用能够吸引观众的步调和基调就可以了。

场景大纲应该用单倍行距写十到十二页（或者剧本每十页对应场景大纲大约一页）。另一个写作方法是将电影每十分钟的剧情对应大纲一页的长度。每一页的页眉或页脚都应该打上编剧的名字和故事的标题，并将它们放到页码的旁边。场景大纲应该分为一幕一幕的形式，每一幕的标题要这样写："第一幕""第二幕""第三幕"。有联系的场景（有时也称之为连续镜头）应该以段落的形式组合在一起，这样在快速浏览时，如果某页里面出现了三个段落，我们就能知道电影十分钟内的开始、发展和结局了。同剧本一样，当人物名字的出现表示需要考虑选角时，人物的名字就应该大写。

除了幕与幕的划分外，规范的场景大纲应该避免使用技术性的电影制作术语。虽然场景大纲是一份技术性文件，制片人或导演完全可以从大纲里面看出故事的时间安排，这份文件应该用有趣、讲究的文风书写，尽可能地让人读起来像是一篇短故事。

一般而言，场景大纲会跟剧本一样被重写好几次。如果一部故事片的预算为五百万美元或更高，那么该片的剧本则需要花费将近十二万美元，金额如此之大，制片人当然有理由为编剧写剧本这件事感到担忧。写场景大纲对编剧而言是一件好事，其优势在于，故事里面所有主要的难点都可以在这时得到解决，等到写剧本的时候，编剧就不必把时间再浪费到这些点上了。好的场景大纲意味着编剧不用再写那些转弯抹角的东西了，这些东西在故事最后成型之时才需要铺垫开来。场景大纲只是将故事连接起来的一种尝试，你不用担心剧作要求的那些艺术性和技巧性的东西。

有时你会听到"大纲"似乎跟"提纲"（outline）很像，但两者之间是有区别的。提纲同动点进度表是一个道理，编剧最好把它用作内部流通的工作文档。场景大纲则是故事的具体化版本，包含了故事的全部信息，还有编剧添加的想法、细节和"自我提醒"，它们全都跟特定的场景有关联。大纲可以是按场景划分的文件，记录了大量有关人物内心或外部的旅程，但这都取决于编剧想让大纲有多详细。大纲不一定要好看，甚至别人看不懂也没关系。有些编剧会往大纲里添加备注，这样会使之变为提纲。相反，有的人会从自己写的翔实的提纲里面提取出想要的大纲。

场景大纲是剧本的基本轮廓，不是无端造出来的，是视觉故事加工进程里重要的一环。写场景大纲是一门跟学写剧本格式一样的关键手艺。对于那些没有写过场景大纲的编剧，我们只能为之叹息了。

第二十章
编剧的真实生活

批注：

- "这个编剧一脸绝望。"
- "她总是要过了一周或一周以上的时间才回来找我们。"
- "每次跟他碰面，他都会带着点儿恶意。"
- "这名编剧的创作技法似乎停滞不前了。"
- "我们需要保护项目组的其他编剧，以免让他们受到这个编剧的伤害。"
- "这个编剧多疑的性格，我是真的受够了。"

只要肯工作你就不会被视为失败者。你也许算不上什么伟大的作家，但若能践行那些传统的美德——辛勤地坚持工作，你将会在写作的这条道路上有所进步。

——雷·布拉德伯里（Ray Bradbury）

职业编剧的生活特征就是没有什么真正的特征。过这样的生活，你不用穿制服或特定的服饰。你没有日程表、固定的同事或老板，也没有固定的薪资，更没有办公室。当然，随着工作渐有起色，除了制服外你什么都会有的。然而，编剧之路是孤立的，外人很难看见，它缺乏具有强劲推力的外部组织。

做职业编剧会面临各种问题。这么多年来，我们听到过许多学生和学员提及不干编剧这一行的原因以及发出的各种抱怨，我们将其中最常听到的内容汇集起来，罗列在下面。可悲的是，大家之前从来没有花时间好好想一想编剧的真实生活到底是由哪些要素组成的，因此不少人觉得这些东西具有负面意义，其实，它们是中性的。假如你经历了这些事情，也不一定意味着你遇上的这些事情是不好的，这仅仅表明你经历过。

你需要告诉自己该以何种策略来应对编剧生活的真实状况，有了这些策略，你才能把个人和职业的绊脚石转换为事业的垫脚石。

孤独

> 作家唯有孤立自身才可以创造出重要的作品。作品乃孤独之子。
>
> ——约翰·沃尔夫冈·冯·歌德
> （Johann Wolfgang von Goethe）

你要卖的东西别处看不到，它甚至不会就那样躺在你的心里，等着你把它拿出来。叙事是各式元素的组合，你需要从你的记忆和经历中把它找出来，用生活给予的智慧将之染色，用你的想象为之打扮，最后运用你学到的关于电影艺术的知识把它输送到纸张上。

上述元素主要在精神上起作用，你可以成功地让它们通力合作，但条件是你必须隐退至自己的脑海与内心深处，远离让你分心的东西和其他各种杂音。你不得不与空白的纸张、空空的屏幕和安静的房间独处，直到你用脑海里储存的知识把它们填满时你才有离开的可能。

孤独不易。这也是为什么"单独监禁"会被列为罪犯受到的最严厉的惩罚之一。你将会面临这些现实问题——独处、工作周期长、在创意中挣扎。

人类之所以害怕孤独，是因为孤独会带给我们无聊感。孤独会使人寂寞，孤独会榨干我们的情感、心灵、精神甚至肉体。一名年长的意大利修女曾经告诉我们，在她的修道生涯中，最令自己感到心力交瘁的是一年一次、耗时八天的静修。"每一年我都觉得静修是我的死亡之日。"她一边说一边露出了一丝苦笑。

孤独令人恐惧，因为那些我们想要逃避的沉默之音却在嘈杂的生活里出现了——悔恨或内疚的声音，无法应对死亡和折磨的声音，恐惧的声音，以及那些充满羞辱和失败的记忆。

孤独或对孤独的恐惧会以各种方式让编剧陷入困境之中。

编剧拖延工作甚至逃避工作的原因来自对孤独的恐惧。拖延会导致对自我的厌恶。它让人们编造各种借口解释为什么自己在规定的时间内没有可拿出手的东西，而且这样做后还会增加自己的内疚感。拖延让人们将巨大的精力耗费在解释失败的原因上：这是由我像疯子一样的姐夫（妹夫）造成的；这是出现故障的汽车造成的；这是没安墨盒的打印机造成的；这是偏头痛或流感造成的；这是当地的史泰博文具店造成的，他们没有那种带三个洞的纸张；这是天气造成的，它时好时坏。

　　上述各种辩解是无尽的自我厌恶和不幸之源，同时它们也是白费口舌。参与项目的人很快就能知晓一切——大家很快就会搞清楚状况。

　　对孤独的恐惧以及它所带来的压力还会让编剧变得孤僻、难以交流、邋遢懒散，并且对朋友和家人十分苛刻。这会导致编剧为了完成工作而做出一些糟糕的选择，甚至可能会去剽窃别人的创意。

　　由于创意工作的需要而造成的孤独，我们的应对策略是将这份孤独转换成"隐居"状态。孤独的意思是编剧孤零零一个人，隐居的意思则是让编剧先离开一阵子，与"某人"独处一段时间。这里的"某人"是你创作的人物的原型，是唤起你创造力的存在。

　　不可否认的是，写作是一个形而上的过程。我们谁也不清楚联结并制造才思之泉的这份冲动会在何地出现，但只要参与过创作的人都会有这样的经历——神秘的缪斯女神难以预料地降临至我们的内心，赐予我们各种可以表达的东西，让我们感觉这些东西仿佛来自自己的身体之外。处于巅峰状态的编剧其实明白，有时候写剧本会有一种听写的感觉，这份创作工作仿佛突然带领我们踏进了我们不自知的境界中。

　　隐居犹如一次重聚，孤独则被视为惩罚。隐居是交融和分享，孤独则是一种孤单的声音回荡在斑驳的墙壁上。隐居不是什么坏事，是一种新生，孤独则会令人身心干涸。

　　另一个应对孤独的办法就是尽力平衡自己独自工作的时间与跟朋友和家人相处的时间。你用什么样的方法让自己从人群中全身而退，就用同样的方法让自己从他人身上寻得陪伴、安慰和灵感。

合作

> 对作家而言，来世可能不存在什么地狱了。因为在现世中，批评家和出版商带来的折磨，他们已经感受得差不多了。
>
> ——C. N. 博韦（C. N. Bovee）

让人觉得讽刺的是，谈论完孤独后，接下来谈的竟然是同他人的合作，而且它是职业编剧需要面对的所有事情中最难的一件。如果你有过成功的经历你就能明白，创作的某个阶段需要大家通力合作。有人付钱让你写剧本，这意味着你得向他人讲述你的构思、递交你的剧本，然后换取他们的批注、反馈和修改，他们可能还会回绝你的请求。

做一名职业编剧意味着你将会跟来自不同背景、拥有不同世界观的各种各样不同类型的人一起工作。在挑选工作伙伴这件事上你几乎没有发言权。很多时候，你不得不同那些没有你聪明、受教育程度不如你高、没有你善良、对故事和剧作的了解不及你的人一起工作。

制片人对剧作的了解程度不如编剧。为什么会这样？因为制片人这份工作的要求跟编剧大有不同。编剧的职责是成为故事专家，他必须寻找一种方法，向观众讲述故事的重点和人物的要点，而讲述所用的方法是大众听到后可以将之内化的。

当合作引发编剧过强的竞争心理时，它会成为编剧职业生涯中的一块绊脚石。它不仅让编剧承受巨大的压力，想让自己比别人表现得更好，或者至少旗鼓相当，还会使编剧以一种嫉妒或八卦的心态挑选搭档，导致两者相互厌恶。

具有创造力的人们如能合作愉快，那就好比众人站在了天堂的前厅——令人欢欣、激动人心，还伴随着无比的欢乐。从另一方面看，一群人如无法愉快地合作，那就好比众人艰难地穿越位于地狱的那片充满恶臭的湿漉漉的沼泽。

合作教会了我们应该更清楚地表达自己。编剧需要学会用清楚而具有说服力的方式将故事或其他艺术作品中的关键点表述出来。合作也能教会你做一个简单友善的人——在一个团队里，这样的人受人欢迎，当你走进屋时，犹如一阵清新的微风从窗户外吹进来。合作不应该让你觉得自己受到了威胁，反而应该让你发现每位成员的才华并为之欣喜。

面对合作这一必要的环节，我们的应对策略是一定要为他人服务，以此成为一个受大家欢迎的人。本来就需要有人泡咖啡、洗盘子，你为何不能做？尽管大家很快就会对彼此知根知底，但大家都希望自己的组里可以出现和蔼可亲的人。一定要避免拉帮结派，千万不要对其他成员说三道四。这是一条箴言。不管你向谁八卦，别人绝对会这么想："她跟别人讲我的事情时肯定也是这个样子。"这会使你的口碑变差，你很有可能会成为一名不合格的编剧，别人不想雇用你并且也不想在下一个项目里听你说那些毫无益处的八卦。

回绝

> 退稿信是对心灵的摧残，即使它们不是魔鬼，即使它们的措辞非常得体——可是我们无法避免这种事。
>
> ——艾萨克·阿西莫夫（Isaac Asimov）

做一名职业编剧意味着你走出自己的"洞穴",将作品摆在别人面前后,还是会有人不喜欢。这种事情无法避免。要想成功,你得为自己进行市场定位,好莱坞管这套方法叫"推销"。大多数推销只会一无所获。再次申明,如果你的剧本被拒,这并不能说明你写的东西有问题,只能证明你完成了这件事,仅此而已。

被人回绝总归是痛苦的。成功和认可带来的欢乐完全比不过回绝造成的痛苦。回顾我们的职业编剧生涯,我们依然记得制片人、导师和朋友给我们每一个剧本写批注的场景。我们基本上能说出收到的批注的具体内容。可假如你问我们那些人喜欢我们剧本的哪一点时,我们却完全不记得了。比起成功带来的兴奋,被人回绝的刺痛要更为深刻。但不管怎样,两者相伴相生。你因言语的赞美而感到兴奋时,接下来你就得面对这样的现实,即被人回绝的痛苦在我们啜了下一口咖啡后就有可能到来。

回绝带来的痛苦还伴随着一个令人讽刺的现实,那就是大多数好人在回绝他人时都会变得很可怕。做这样的事情天然就具有尴尬的性质,对任何一个心地善良的人而言,这都是一件操作难度很大的事情,因为善良的人不忍伤害他人。人们总是想避免遇到困难的事情,或者想尽快熬过这样的境况,这就意味着,被人回绝会以某种间接的方式向你扑来,或者以一种生硬且草率的方式完成。我们越是慌张,麻烦就会越变越多。

回绝令编剧感到沮丧,这使编剧对自己的才能和潜力充满疑惑,编剧也会由此深陷麻烦之中。它会使编剧在不恰当的地方寻求认可感,也会造成编剧特别爱黏着家人和朋友,非常需要他们的关心。它还会让编剧撒谎、找借口、责怪他人,甚至使编剧大发雷霆,意欲对他人实施报复。

虽然失败了，我们却能收获很多东西，可我们很难接受这个真相。要是世上有其他更好的途径供我们学习同情、移情、仁慈、耐心这些优良的品质就好了。尤其是在当下，由于科技的发展，人们不用再处理生活里那些简单的紧急事件，应对能力大不如前了。可在这里我们要告诉大家的是：痛苦并非一个人遇到的最可怕的事情，正直的缺失、灵魂的缺失才更可怕。历史上那些伟大的艺术家生命的一部分就是由痛苦组成的，毫不夸张地说，痛苦也是伟大艺术的标志。那些伟大的艺术家因出众的才华而遭受了痛苦，因为才华总是呈现出一种陌生的独创性，它让人们远离了自己的舒适区。

一旦经受住了回绝，我们就能蜕变为更好的自己。面对情感和心灵遭受的重击，最具同情心、医术最佳的治疗者往往是那些受过伤害的人。同时，我们要历经多次失败才能学到那些至关重要的教训。这就是世间万物的运行规律，因此我们不应该害怕回绝。没有经历过失败的痛苦就不能体味到成功带来的快乐。正如诗人艾米莉·迪金森（Emily Dickinson）所言："从未尝过成功滋味的人才会视成功为最甜蜜的存在。"

不幸的是，一般人被人回绝后通常会去抨击他人。编剧在职业上犯的最严重的错误一般都在被人回绝之后。我们见过有的编剧在收到难听的批注后会发一份言辞刻薄的邮件，宣称自己要从某个项目中退出。通常，这样做已经违约了，之后编剧还要应对各种法律问题。另一类常见的情况是，某位编剧被替换掉之后，他会开启一场针对制片人或导演的人格诋毁之战。投资人会突然收到指控抄袭的邮件，编剧会在国际长途电话的另一头哭诉，律师会给上百人发来"停止并终止"创作的信息，而这些人根本就不知道是什么引起了这一切。最后，投资人因为害怕退缩了，项目被终止，所有人随之被解雇，而这一切全是源于一名自尊心受到打击的编剧。

为了不被回绝打乱计划，我们给出的应对策略是：首先你应该对其有所预料，其次也不要害怕它。对失败的害怕同失败本身一样会给我们造成诸多麻烦。它会使人们禁锢心灵，变得小心翼翼，而创作大胆且新意十足的故事需要与之完全相反的性格。正如神学家詹姆斯·雅培里（James Alberione）所言："只要人活着就会犯错，向恐惧低头的人将在错误中终其一生。"

在编剧这一行里，被人回绝是一定存在的，想要有所作为，关键就是下定决心从万事万物中吸取教训。每一次的回绝都犹如放在你箭筒内的一支经验之箭，它会让你更好地为自己的人生和影视业尽一份力。职业编剧的美好生活不需要你从一个巅峰跳到另一个巅峰，或者一路奔跑，从未跌倒，它需要你咬紧牙关，不停地前行，不要有任何顾虑。

不稳定性

> 如果只考虑经济因素，有钱当然要比没钱好。
>
> ——伍迪·艾伦（Woody Allen）

不稳定性是编剧生活的一部分，即使你有好几部作品，获得的报酬还不错，这份工作也不是年年都有。一名职业编剧一年写一个剧本可以拿到十五万美元的报酬，然后接下来的三年里你可能一部作品都卖不出去，甚至五年内都没钱可赚。

不稳定性还意味着你没有固定的合作伙伴。职业编剧才是一位彻彻底底的事业家，他犹如没有船队的渔民，哪里有鱼就奔向哪里。有活可干的时候，编剧和创作团队每天得工作十六个小时，总共要工作六个月的时间。在项目做完后，编剧可能永远都见不到那些工作人员了。

这样的生活对编剧而言意味着工作起来完全无周末可言。编剧手头充裕的时间可以一直留到有工作的时候，有工作之后，笼罩在心头的截稿日期以及创作时需要精神高度集中这件事让编剧备感压力，消耗掉了他们大量的精力。

做职业编剧意味着，如果你决定今天、下周或三个月内都不急于动笔，没人会在意或惦记你。不管有没有人催你，如果不动笔创作你很可能连房租都付不起。

不稳定性给编剧的生活带来了压力，导致编剧表现出恐惧、妒忌和猜疑。编剧还会因此把他人视为达到目的的手段，可能会出卖他人，也可能最终落得一败涂地。

针对编剧职业生涯中的这些"间歇性的时间点"，我们制定了这样的策略，那就是不管金额大小你都需要尽全力用笔头换取钞票。你写的每一篇文章都会让你的技艺更加精湛，凭借这些技艺你便能成为一名更优秀的编剧。只要有报酬，你的生活就会更完整、更和谐。为了避免陷入不稳定的生活中，你不应该势利地对待自己即将要写的各类文章。举例来说，在过去二十年的时间里，我们两人为了报酬写了以下这些东西：

- 剧情长片和短片的剧本
- 负责他人剧本的重写工作

- 负责他人剧本的润色工作

- 博客、网站、杂志和报纸等媒体的行业评论和专题报告

- 负责制片公司的剧本批注及报告工作

- 提供纪录片的创意并为其创作剧本

- 代笔写政客和名人的发言稿

- 新闻发布材料的文字部分

- 网剧的剧本

- 负责音乐剧的故事创作

- 电影节的项目论文

- 电影、艺术、文学、文化领域书籍的相关章节

- 撰写以上领域的发言稿

即使是最成功、最与世无争的编剧也会在创作剧本之余另谋职业，赚钱糊口。我们知道有很多业内编剧会做各种兼职，比如老师、商务助理、项目研发主管、房地产经纪人以及非营利性机构的工作人员。最好的第二职业是既能够为你提供稳定的外部收入来源，又不至于榨干你的智慧，因为你得给剧本创作留些空间。找一份能帮你缴清房租，让你直接拥有满足感的辅助性工作，在做这些工作的同时你又能从事自己的编剧工作。如果你接手了过多的文字工作，需要放弃一部分，你应该放弃不重要的部分。在此期间，你不仅会有稳定的收入来源，还会发现这份副业能带给你满足感和直接的收益，而这是剧本创作做不到的。你可以通过写剧本赚大钱，可是那些剧本可能永远都不会被拍成电影。这一点令人十分沮丧。

重要的是，你必须学会面对剧本创作的现实。某一天你可能获得了一大笔钱，但接下来两年内你可能一无所获。此外，你还必须用合

理的方式应对现实，你自己或你的伴侣若不能为这种不稳定的生活找到出路，你很有可能会选择另外一份有稳定的薪资和福利的工作。

创作上的困境

> 道德使人明白有权做什么事情和做什么事情是正当的这两者之间的区别。
>
> ——波特·斯图尔特（Potter Stewart）

做编剧跟在沃尔玛上班完全不一样。把除臭剂放到货架上的女员工可不会在内心纠结自己的工作是否符合乎道德、是否有价值，她也不用纠结自己是否需要在法庭上回应工作的问题。

观众花钱看故事的其中一个主要因素就是想听听编剧的看法，这就意味着编剧需要敞开心扉——选择说什么，该怎样去说。选择意味着风险，风险则意味着危险。如果想干编剧这一行，你就得做好因为你的作品而失去朋友、与家人疏远的准备。你也可能会失掉其他工作。更坏的情况是，要是在选择上重复犯错，你连自己的正直与自尊都会失去。

职业编剧不得不直面的问题是，你要比在其他领域内工作的人遇到更多涉及伦理道德的事情。如果你是那种很在乎别人看法的人，这样的事情则只多不少。在生活中，你会比加油站的服务员经历更多的焦虑。你肯定会担心自己是否太过妥协了。假如你的剧本在商业上大获成功，你肯定会收到恐吓信，说你在腐化这个世界。金钱和权势的影响力实在太大了，好莱坞因此成了一个风险极高的地方。

芭芭拉：在某些场合，为了事业的成功你会被迫做与自己的道德观相悖的事情。我记得有一次在一个房间里，有几个制片人想要买我写的关于艾米莉·迪金森的剧本，但他们希望我把迪金森改写成一名女同性恋。我引用历史证据跟他们说了好几次，艾米莉·迪金森不是同性恋。可他们觉得无所谓。制片公司的市场部推断，如果以女同性恋的视角创作会给本片增加五百万美元的票房收入。市场部的领导挥动他的手对我说："我们拍的可不是纪录片。"

道德上的困境总会给人带来不舒服的感觉。如果人们感觉不舒服，他就会更容易发飙、添乱子。创作上的困境会带来沮丧和焦虑的情绪，这会给编剧造成各种问题。它要么让编剧把复杂的事情处理得过于简单，要么让编剧搜寻快捷的解决方法，结果却造成了更大的问题。

这里有一则好消息：同严肃的问题做斗争会令你变得更成熟。重大的选择能塑造你的人格。当你遇到道德上的困境时，你更愿意倾听智者给你的良言，你会因此成为一个更谦卑、更有深度的人。

此外，从事一门高风险的职业意味着你的人生很有可能会成为一段精彩的冒险旅程。你也许无法用手摘天上的群星，却不会最终落得手攥一把泥土。

针对创作上出现的困境，我们给你的应对策略是，在影视业的每一个层面上都尽力为自己找到精明谨慎的导师顾问。但首先你得交到一群好朋友。遇到那种挑战你的价值观的情况时，你可以找他们谈一谈。除此之外，在各个不同的时期你还需要以下这些人的帮助：专业的律师、优秀的业务经理人、几名行业内的优秀导师，可能你还需要一名精神导师。

第二十一章
与编剧共事

批注:

- "她的发展不均衡，很擅长刻画人物，剧本结构却写得很烂。"
- "或许我们可以再找一个人把对话好好润色一下？"
- "剧本有很多好的想法，遗憾的是，编剧的功力不行。"

你自己都不愿意做的事情就不要强求你的同伴去做了。

——玛莎·奎因（Martha Quinn）

芭芭拉：我和别人合作过两部作品，如果算上本书就是三部了。

维姬：我和别人合作写过一部剧情长片、两部短片，还有两次合作是提供故事创意。

芭芭拉：我给好几个编剧推荐过合作伙伴，这么做是因为我清楚他们发展不均衡、各有所长。他们发展不均衡只是暂时的，当职业走向正轨后，他们也许能够及时解决这些问题，但是在当下，他们的确需要搭档弥补自身的缺陷。

维姬： 我发现好的合作关系的确能弥补各自在技巧上的缺陷。一方也许更多的是在用左脑进行批判性的思考，另一方也许更擅长将抽象的概念拼拢或构建人物；一方可能擅于处理结构问题，另一方可能更擅于创作故事。

好的合作关系是彼此尊重，并且对对方提出的想法表示赞赏。

芭芭拉： 合作的两方其实是在相互学习，这样，在人物创作上较弱的一方随着合作关系的深入会变得更强。这似乎是我们需要合作伙伴的主要原因。

维姬： 双方合作是一件非常能激发人积极性的事情。它为项目注入新的生命，有了这样的关系，你看同一个事物时会从不同的角度切入。

芭芭拉： 这样做好像是在修改剧本，虽然你只是在创作初稿。搭档能看清其中的缺陷，这是你在独自工作时看不到的。

维姬： 你能立即收到反馈意见。

芭芭拉： 你也不要低估和别人共事带给你的纯粹的快乐和乐趣。

维姬： 别人指的是维姬。（捧腹大笑）

芭芭拉： （清了清嗓子）当你们都颇具才华、受过训练并且有一定的经验时，一起写剧本其实是一件很有趣的事情。放眼全球，其实很多人并不清楚该如何去做，而你们就一起做了。我记得跟别人合作写喜剧片的时候自己常常笑得前仰后合。写情节片的时候，我们彼此的那种艺术激情相互影响着对方。

维姬： 合作还能立刻带给你认同感。当你独自工作的时候，你并不知道别人会怎样看待自己的作品。可是有搭档的话，你立刻就能听到赞许的声音，我们能直接地感觉到自己写的东西还不错，这能给予人力量。

芭芭拉：你也不能低估跟他人合作时尊重所起的作用。一个人时，我可能会也可能不会在一周内把工作做完，可是当我知道搭档在等着我写的稿子，这个搭档还是一个我尊重的人，并且我希望这份尊重可以保持下去时，你会发现一件奇妙的事情，那就是我充满了干劲。

维姬：与别人合作这件事本身就具有一种内在的责任感。溜出去跟朋友玩几轮填字游戏这类事情发生的概率会大大降低——除非你们两个人都有拖延症！特别是当你在"分解"故事时，如果你能和别人交流一下则会对自己非常有益。你们能一起讨论那些糟糕的想法并将之排除，避免采用它们，再一起想出好的点子，这样的事情是你独自一人坐在房间里盯着一闪一闪的光标所无法完成的。

芭芭拉：当一方在审视自己的想法时，另一方可以充当观众的角色。搭档的反应和回应能直接告诉你这个想法是否可行。

维姬：我认为我们也该聊聊其中不好的一面。有几个因素能导致合作关系的破裂或者不值得我们去努力维持这份关系。一个是双方的关系产生了让大家竞争而非合作的感觉。另一个是双方没有通力合作，没有为彼此的天资感到欣喜，反而将注意力转移到相互的缺点上。这样的合作关系很快就会土崩瓦解。

芭芭拉：对合作关系的第一个考量就是看它能否给你的职业生涯带来更大的效益。如果它没有减轻反而增加了你的生活压力，你就应该重新考虑自己的计划安排。

此外，比起跟他人合作，单独工作承担的风险要小一些。合作关系如果破裂了，结果可不仅仅是大家的友谊可能不复存在那么简单，法律上的纠纷才更令人恐惧不安。作品归谁？大家共同想出的点子和概念该怎样划分？每部分的功劳又该归谁？我的经验告诉自己，合作关系一死，作品也得跟着死。

维姬：无论何时，只要金钱、荣誉、自我价值感需要同他人分享，我们面临的形势就会变得很棘手。大家出于好心参与进来，可是如果大家连自己所期望的事情都搞不清楚，情况就会变得一团糟，讨价还价之中还会充满尖酸刻薄的气息。

芭芭拉：如果最后，一方不愿说"你拿走，我让步"这样的话，整件事很可能就会止步不前。

维姬：如果你正在考虑跟别人合作，以下是一些你们应该一起讨论的事情。第一，我们各自能拿出什么东西来？如果有重叠的话——

芭芭拉：肯定会有的。

维姬：没错。那我们应该如何处理？下一个问题是：你的写作风格是什么？你喜欢怎样写？这其中的逻辑是什么？我们是在同一个房间里写剧本吗？我们会相互交换稿子并修改吗？我们是先写各自的场景再将它们剪切粘贴在一起吗？

芭芭拉：许多过程中出现的问题会随着关系的发展而不断地变化。可是双方都需要清楚地回答这样一个根本性问题——我们的合作能产生什么样的重要价值？合作的双方需要有清楚的原因做支撑，用这样的方法，每个人才能确保自己的预期得到满足。

维姬：有些时候不同的人一起工作仅仅是因为他们凑到了一起，双方都想要相互帮助支持。

芭芭拉：所以合作的总体原因可以概述为，"你还挺有趣的，我们一起大笑过，写剧本这事情太难了，也让人无比寂寞，所以我宁愿跟你一起工作也不要一个人"，对吗？

维姬：这样的事情是存在的。

芭芭拉：我觉得这听上去很合理，可是一旦一方或双方大获成功，或各自建立了其他关系，两人的合作就不免会终结。但一开始大家就得说清楚。如果开始的动机不是互惠互利，那么双方不太可能会签合约。双方都需要同意一点："我们彼此都在利用对方。"

维姬：刚刚建立起合作关系的编剧常常认为他们能"一起找到解决问题的办法"。

芭芭拉：这样想没什么问题。有一天他们会想到解决问题的办法的，只是现在双方的合作需要找到一个可以延续的新理由。在合作的早期，你就得确定这段关系应该有可以评估事态发展的方法，比如一系列非正式的参考基准、剧本的进度等。那么，当有一方想稍微修改一些东西或想退出合作的时候，双方才不至于把"谈话"搞得很可怕或令人痛苦。

维姬：我想这又回到了尊重和交流的问题上了。双方各自都为促进合作添砖加瓦，这理应相互尊重。如果合作有任何不足，双方应该展开一场坦诚的交流。交流可以很简单，你平时就可以问问对方："有哪些地方我们可以做得更好？"

芭芭拉：我想起了两个朋友的合作关系，他们之间产生了误解，经常发生争吵。一方认为合作就是每人承担一半的工作量，而另一方认为合作是一种让工作产量翻倍的方法。这是个大问题。在这样一个要求颇高的领域，找各种方法草草了事可不是什么好想法。即使大家通力合作，你也必须像一个人工作那样完成大量工作。

维姬：你还需要有风度并懂得变通，因为你不再是单打独斗了。有了搭档后，剧本的进度有时会让人觉得很慢，原因在于你得等另一个人给你反馈意见。

芭芭拉：即使你清楚自己想走的路后再遇到这样的事情还是会觉得沮丧。但你已经做出了承诺，愿意在合作中投入自己的创造力。

维姬：检验两人的合作是否可行的终极"石蕊试验"是看作品能否成功。

芭芭拉：而非看合作能否成功。

维姬：没错。

第二十二章
与制片人共事

批注：

- "她在哪里？我们说好的是十一点半，对吧？"
- "这个剧本写的是什么？跟我们之前说好的完全不一样！"
- "我不想听借口，只想看到剧本！"
- "我觉得我们不应该让编剧和明星待在一间屋子里。"

每个人都想知道如何才能将自己的作品递交给经纪人，可真相是没有人知道该怎么办。经纪人找客户的方法是从低一等的经理人和律师手中挖人，懂行的编剧想出的那些精明的计划才不会让他们上钩。

比起经纪人，把剧本交到制片人手中要更容易一些。那么大家该怎么做呢？嗯，没有人知道。但是，这件事的确要简单一些。

这就是这个行业的矛盾之处：大家都想要好剧本，但大家都会在各自的周围筑起一堵厚厚的墙，把编剧拒之墙外。这背后是有原因的。没人想碰新手的作品，因为长久以来，数以万计的业余编剧写了大量的剧本，让这个行业里充斥着构思拙劣、文笔逊色、"这完全是浪费我时间"的作品。这让那些专门读评剧本的人变得十分谨慎。

假如你有一个剧本，它体现出了你作为一名编剧应有的能力，你更有可能通过争取制片人而非经纪人来进入这个行业。首先，影视业中的制片人比经纪人要多。经纪人是需要培训和资质的，他们的专业有自身的法律界限。但任何有一两把刷子的人都可以在自己的房子外面挂个小招牌，打上"制片人"三个字。

其次，等到有人成为真正的经纪人后，他们会因为曾经周旋在高风险交易的那些日子、复杂到滑稽的合约、比天高的自负以及丰厚的薪水而渐渐倦怠谨慎起来。他们对眼前的交易更感兴趣，而不愿意经营那种不确定的长期项目。然而有谁会怪他们呢？经纪人是一种以佣金为基础收入的职业，必须将精力放在可以带来收入的客户身上。

最后，正因为每隔五秒就会出现新的制片人，你才有机会找到对这一行仍抱极大幻想的人——他的手里刚好有一笔钱，他的梦想远比实际的能力大。缺乏经验的编剧需要与不同类型的制片人打交道，这些人可能会领你进入这一行，而最好接近的制片人一般都是新上任的。没有人愿意聘请新手，一般最愿意给新手机会的都是新上任的制片人。

一、编剧该如何与制片人会面？

编剧应该将这个观念内化于心：在影视业工作是一种风险型的创业行为。就算有的人在大制片厂、广播网、制片公司有了工作也会关注其他公司的职位空缺，因为其他公司可能会给他们带来更大的影响力、更多的金钱和机会。干这行的人都雄心勃勃、颇具竞争力，编剧和演员是其中最不稳定的两种人——永远都在寻找下一份工作。

把剧本搬上银幕没有明确的路径，因为不存在两条相同的道路，但是这里面有共通之处。编剧接到的第一份工作通常都是经朋友介绍的，而且这些朋友也是这行的新手。新手编剧和朋友合作的原因是只有朋友才会为了好玩和微不足道的工资做这样的事情。

由于新手缺乏经验和资助，容易理想先行，他们的项目一般都会历经资金损失的惨痛教训。他们拍出的电影不值一看，只能在家人和朋友之间流通，而且家人和朋友也看得很费劲。除了在创作过程中有所收获，作为编剧，从这些经历中你只能说，"就算不多，写这个剧本我也是有酬劳的"。如果作品本身有闪光点，受到了关注，这当然是件令人高兴的事情。偶尔有某部作品会跳脱出来，超出大家的预期，但这种事情极少发生。

新手应该利用以下的项目练练笔，提升自己的能力，这些项目包括：短片、纪录片、公益广告、二手车广告、电子媒体手册（EPK）的介绍和底稿——基本上所有需要文字的项目都可以用来练手。上述领域均与写作有关，它们能让你一直保持同制作部门工作人员的联系。进入影视业当然不是为了写EPK的文稿，但很多今天还在写EPK文稿的人明天就有可能给大制片厂写一部预算一百万的故事片剧本。这就是这一行的运作之道。编剧需要做的就是加入由干这行的人建立的"朋友圈"。某一天，他们会因为需要一名编剧突然打电话给你。

一旦编剧用这样的方法找到了头几份工作，接下来其他的工作便会接踵而至。如果有人喜欢你，他们会向认识的人提及你的名字。许多艺术家喜欢向他人介绍一些优秀的工作人员，并借此希望如果自己的下一部作品启动后需要帮助，有人能回报之前的人情。此类善行总是能收到效果并形成良性循环。只要你有时间，一定要参加每一次的会面。一旦你的事业有了提升，你就可以对会面提出更挑剔的要求，但即使到了那个时候，你最好还是听一听，礼貌地回绝，不要直接地拒绝。

绝大多数的编剧工作属于指派任务，这意味着制片人想找编剧把自己头脑中早已成形的想法付诸实践。他们希望找到跟自己的想法一致的编剧。因此，这种情况同你去兜售剧本所遇到的情况截然不同，因为待售剧本是你原创的产物。这样的情况意味着你需要先写一部或两部样本，再去争取制片人早已准备好的某个特定项目。

编剧要么应该写一些涵盖几种类型、基调可靠的待售剧本，要么写几部开辟特定小众市场的剧本。想一想你会的技巧，以及你想被定位成什么样的编剧。你是属于那种全面发展的编剧，还是属于擅长写风格古怪的喜剧片或心理惊悚片的编剧？写待售剧本的时候，写几部作品瞄准预算低的电影，再写一部瞄准预算更高的电影。

二、如何才能知道制片人是否合你的胃口？

编剧与制片人之间成功合作的基础其实也是其他领域的合作能够成功的基础：相互尊重与信任、敞开心扉和公平合理。大量从事创作工作的人之所以努力促进双方合作的关系，是因为整个影视业恰恰缺少上面描述的特质。大家生活在自我推销和个人吹嘘的世界里，一边制造成功的假象，一边吸引投资人上门，掌握这项技能十分重要。影视业的制片人跟二手车的销售员都遵循着相同的价值观。

如果你有特定的价值取向，你就不要期望你的合作伙伴和你一样。让别人跟你有相同的价值取向是不现实的，它会限制你的事业发展，你会因此而不被聘用。除了创作出最棒的故事外，编剧对项目本身或周边的一些事情不负任何责任。

我们给新手的建议就是，给新上任的制片人留有余地。我们之前也提到，拼凑一部作品本来就有吹嘘的意味，只要它没有被严重地扭曲、大肆欺人，对制片人的热情，编剧就纵容一下吧。

事情若发出危险信号则意味着这是一出彻头彻尾的谎言。在事情还未变成板上钉之前，如果某个偶然事件让你发现自己被骗了，你应该赶紧离开。你要谨记一个道理："说谎者只会说谎，骗子只会欺骗。"在创作初期，也就是风险比较小的时候，如果有人对你撒了谎，那这个人会自始至终都撒谎。当风险提高后，你会被抛弃，独自站在雨中，不清楚到底发生了什么。说谎的制片人在业内没有任何成功的履历，能不遇到他们是一件幸事。出类拔萃的制片人在业内属于最可靠的人，能公平交易、按时付钱、节约预算。这类人十分稀有，但的确存在。

在正式协议签订之前，你应该根据下面的内容搜集某个制片人的信息。下面的每一条内容都会涉及各式各样的危险信号：

● 制片人手上有资金吗？（资金够制作一部电影吗？资金够冲印电影胶卷吗？资金够支付编剧的酬劳吗？）对于还没到手的资金，他是否许下了一个很大的承诺？

● 他之前参与过哪些电影的制片工作？

● 他认识哪些可以帮忙完成项目的人？

● 其他人如何评价他？

● 他对你撒过谎吗？

- 他是否想让你不签合同就开始工作?

- 对以后的项目,他做出任何承诺了吗?

- 最重要的一点:你觉得和他相处舒服吗?

只要制片人的项目与你的感觉和风格相符,你其实不用做任何调查就能知道他是否合你胃口。比如你写的是奇幻动作类的故事,但制片人只制作过几部有激烈剧情的情节片,那么,你们很有可能对什么才是剧本的精髓这一问题产生不同的看法。你应该先请制片人给你一份他们已有的剧本,看看他们喜欢什么样的故事。如果你写的东西能博得制片人的欢心,那这份工作你就应该考虑一下。

三、工作关系的界限

有太多的编剧和制片人由于对对方的角色抱有不切实际的期望而遇上各种麻烦。编剧希望制片人对电影有艺术鉴赏力,能懂得剧作技巧的各种细微差别,可制片人通常不懂或不关心这类事情,这也是他们聘请编剧的初衷。制片人要负责的工作有:选角、投资、统筹剧本、筹措资金、制定计划,等等。稍有疏忽,上述的工作(或其中一大部分)就会土崩瓦解。

制片人更希望编剧能像自己一样满怀激情地把剧本卖出去。他们希望编剧在讨论的时候不要抗拒自己的想法,或者至少不要让气氛变得尴尬。编剧希望多花些时间把故事写好,制片人则希望把钱拿到手,赶紧拍片。

假设这里有一个项目,下面的四点将告诉你在对待编剧和制片人这对关系时,你会经历什么样的阶段,应该抱有哪些正确的期望。

会面

这是好莱坞的老规矩——关键、神圣，总体还算友善。编剧和制片人（或经纪人／经理人／项目研发主管）首次面对面地坐下来。这次会面编剧要么获得了新工作的敲门砖，要么只是吃了份免费的午餐（也许只是一杯咖啡）。随行的人员可能来自制片人其他的项目小组。

会面的目的是让双方见一见彼此。谈话的内容通常都是随意地调侃各种运动，或是讲讲最近回家的事情，又或者聊聊流行文化圈内发生的骚动。双方都在看彼此能否擦出火花并判断是否能彼此喜欢和信任。

在会面快结束的时候双方才会开始讨论项目的问题以及制片人对此的看法。制片人会针对实施的项目提出要面临哪些已知的挑战，并询问编剧该如何解决。一来一回的谈话指向这样一个目的，即双方都在观察这次"创作的联姻"是否能成功。我们的交流同步吗？更重要的是，我们对故事的理解同步吗？

一般情况下，编剧在这次会面之前就给制片人看过了他的剧本样稿，表明自己有能力胜任这份新工作。以上都是基于制片人喜欢你的作品才愿意跟你坐在屋子里交谈的情形推测的。

编剧的角色和期望：

编剧应该：

● 尽可能诚实地对自己做出评估，看看自己是否已经准备好接手这份新工作了。

●就故事的类型、预算和基调提出自己的见解。

●拟一份大概的、可实施的剧本进度表，或者至少先拟出前几个阶段要做的事情。

● 等到制片人的资金就位，他能付钱买剧本并争取到这个项目的版权后再开始行动。

制片人的角色和期望：

制片人不仅在会面后可能成为雇用的一方，他还是项目初始想法的主要服务方和保护人。他应该：

● 尽量给编剧灌输一些应有的强烈意识，如剧本该有的基调和等级、预算的范畴，以及故事中会存在的其他限制。

● 相信编剧做出的真挚判断——评定两方的履历和完成剧本需要花费的时间。

● 要求编剧拿出额外的剧本样稿以及专业的推荐信，前提是制片人需要的话。

合同

告诉你一个残酷的现实：即使书面的合同可靠，经过律师的调解，还到WGA注册过，大家还是会因为电影项目卷入可怕的纠纷中。部分原因可以归结到创作工作本身具有的神秘性上，契约与语言是无法将这部分进行编码的。

大多数编剧一听到要仲裁和诉讼就会变得畏畏缩缩。作为创作人员，与法律相关的东西跟我们擅长的事情相距甚远。但是，只要签了合同你就必须做好准备，理解并维护这份合同（不管采用何种手段）。

编剧的角色和期望：

如果你在签合同时感到紧张，这是很正常的表现。但你必须搞清楚专业剧本意味着什么，你要有信心，相信自己一定能完成任务。

那么，如果你不是WGA的会员并且才刚起步，你该收多少费用呢？你可以参考下面三条指导方针：

● 最开始时，按照比WGA最低工资还要低百分之十的价目收费（在你加入协会之后就可以提高薪资了）。

● 编剧应该要求对方预付一笔少量的费用，不要等到开工后才要求对方付一大笔工钱。如果他们想拖延全额付款的时间，你应该让他们先垫付一笔可观的奖金。

● 融资所得的红利奖金比制作投入的红利奖金更为可观，但两者都比后期结算的奖金要好。

合同的签订受诸多因素的影响。不管你有没有经纪人，你都应该聘请一名专职演艺事务的律师帮你拟定或审核合同。

制片人的角色和期望：

一旦双方签订了公平的协议，制片人就有权要求编剧做到对剧本创作尽心尽职。不仅如此，编剧还应该保持激情和严谨，遵守纪律，为创作的事宜保密。制片人需要不断地同时间与金钱做斗争：让编剧的花销和进度走上正轨，同时给予编剧时间和机会，让他顺利地完成工作。有一条规律恒久不变，那就是如果成功说服编剧签订了不合理的协议，制片人最后只会搬起石头砸自己的脚。编剧要是不愉快，感觉自己被利用了，他在工作的时候就会缺少热忱。节约了几千美元，结果却收到了一份糟糕的剧本，这样做很不值得。

创作环节

编剧按要求应该分三步完成剧本：初写、重写、润色。初写是最令人兴奋也是最伤脑筋的阶段。我们终于不用四处蹦跶，可以专心创作剧本了。电影真的要成形了。

这个阶段的编剧通常会紧张，因为剧本创作是一项困难复杂的工作，而创作出出色的剧本是一件看似不可能完成的任务。制片人也会紧张，因为他冒险给了编剧一次机会，只有等到剧本有了眉目后他才能知道自己的直觉是否正确。另外，编剧在写作的同时制片人也在忙着处理各种工作。这时堆积如山的合同很可能都已经签订完毕，成败全在于编剧是否能按时交稿，创作出精彩的作品。在完成项目的过程中，编剧最应该期待什么？这个问题请参见第十九章。

编剧的角色和期望：

编剧应该按要求分三次递交三份剧本，每一稿都应更接近大家期望的完美之作，每一稿都应体现出编剧最高的专业素养。交给制片人的初稿通常已经改过五六遍了。在每个阶段过后，制片人都可以把剧本发给同事和读评人看一看，听听他们的意见。

编剧的工作是满足制片人的要求。编剧在创作时会碰到与自己的直觉相悖的东西，有时制片人看到这些后反倒会很开心。编剧应该在合适的时候提出来，但最后你还是要满足他们的要求。

在重写的时候，编剧应该把所有正式的批注意见都考虑进去，同时还应处理一些涉及场所、配角和支线剧情的批注意见。

在润色的时候，编剧不仅应该增加作品的艺术性，还应该处理涉及技巧和台词的批注意见，加强主题，确保作品的每一个环节都能让角色突显趣味性且发人深省。

制片人的角色和期望：

一般而言，制片人给编剧提的批注意见应该大体涵盖情节、人物、结构、类型和基调等方面。这个阶段的批注十分关键，因为制片人有权让编剧大规模地修改剧本。

正是因为提批注意见实在是太重要了，所以制片人要么自己学会写批注，要么聘请他人用编剧能明白的方式写批注。

制片人应该信任并全力支持自己聘请的编剧。判断编剧是否符合自己心意的时机已经过了，制片人需要接受编剧，把他视为项目组中一名重要的成员。所有人都应该尽心尽责想办法帮助编剧完善剧本。对待编剧，制片人需要化身成"严厉之爱"的大师：能理解编剧，富有同理心，但对交稿日期和影片预算严格遵守约定。制片人应该有明确的态度，但不要蛮横无理。编剧若发现了更好的方法，制片人应该考虑接受。需要赞赏时，制片人应该不吝美言。对待可能令人沮丧的批评，制片人应该谨慎小心。

制片人有权要求编剧在听取批评意见时保持成熟的心态。制片人不应害怕编剧听了批评后可能会被打垮或变得任性沮丧。制片人有权要求编剧展现出专业的一面。

剧本完成的时间更多是由预算和选角决定的，常识所起的作用不大。创作一部剧情长片剧本需要花费的合理时间请参见下面的基本时间表：

- 调研/搜集意见（两三个月）
- 探访场地（可选项，一两周）
- 完整的场景大纲（一个月，然后见制片人，推销剧本）
- 修改故事（两周，然后又去见制片人，推销剧本）
- 初稿（三个月）
- 等制片人的批注（一个月）

- 重写（六周）
- 等制片人的批注（两周）
- 润色（两周）

上述过程大概需要十一个月的时间。

研发和制作

剧本写完后，接下来的工作便是吸引资金，寻找演员和合作者，共同完成电影的拍摄。通常没有人比编剧更了解剧本和故事，因此制片人会把编剧带上一同去见演员、投资人和制片厂代表。制片人有时会举行面向媒体的活动，旨在提升该项目的知名度。

编剧的角色和期望：

编剧在此阶段应展现自己的魅力，让别人知道自己对这个项目怀有满腔热情，由此而尽力帮助制片人。编剧在这个时候需要压制自己内心与艺术有关的怪异冲动，不要给制片人惹麻烦。其他人已经给制片人惹来了很多头痛的事情，对此编剧需要格外注意。

编剧在这个阶段做的很多工作都属于义务劳动，但你还是要做。大家最后都希望达成一件事，那就是网罗各种资源让剧本成功拍摄。如果电影进展顺利，花在这上面的那些闲聊和宣传的时间都是值得的。

制片人的角色和期望：

如果编剧表现良好、按时交稿并创作出了优秀的剧本，制片人应该对此表示尊重。编剧应该参与到宣传工作中，如果电影成功上映，编剧也应该走一走红毯。除此之外，制片人还应该尽可能地把编剧也带上谈判桌，对他为项目做出的重要贡献表示敬意。要特别记住一点，编剧也是企业家，如有其他项目，制片人也应该极力推荐。

作为创作团队的一员，制片人应尽其职责，付清该付给编剧的余款和利息，不要等到编剧向WGA寻求帮助，向制片人施压。

第二十三章
大制片厂 VS. 独立制片厂：你的剧本更适合哪一种？

批注：

- "这部电影属于艺术片，承担风险的能力不强。"
- "明星在哪儿？"
- "我们不知道该如何推销这部剧本。"
- "剧本不错，但对我们来说过于怪异了。"
- "预算太低了。"
- "预算太高了。"

　　美国的叙事性产品——电影、电视、音乐、书籍和软件，占美国出口额的榜首，这些产品也反哺着全世界的相关产业。这是一个数万亿美元的庞大产业。虽然故事满足了人们了解自我和通过共有经历联结彼此的需求，但当今的银幕叙事是由商业资本驱动的。为了寻求观众，叙事者的作品必须在商业上具有可行性。编剧必须懂得什么样的作品才能大卖，大卖的原因又是什么，这跟主要的冲突是什么和第一幕该在哪个地方结束一样重要。叙事者也许只对后者感兴趣，但正是前者让他们的作品被世人看到。同样的道理，影视圈的生意人有各种办法赚钱，但好故事仍然决定着一部电影的成败。

在整个创作过程中，编剧应该时常关注最后的发行工作。如果你有意识地为自己的剧本寻找目标观众，这绝对会影响你对故事的选择。怎样才能知道自己写的东西是符合大制片厂要求的作品，还是面向电影节巡回展的"小宝藏"？什么样的作品受大众追捧，什么样的作品是评论界的宠儿？

大制片厂路线

大制片厂拍摄的作品通常都是高预算、主打明星牌的爆米花电影。尽管业内有像迪士尼电影公司或皮克斯动画工作室这类有出色的合作开发流程、拍摄了许多优秀作品的公司，但更常见的现象是，在整个过程中，指挥的人太多，干活的人太少。大制片厂的上层机构十分臃肿，从而导致过多的项目被提上议程。制片厂的主管们奋力控制那些难以操控的项目。在一部电影的摄制人员名单上，只有很少的人会被冠以"编剧"的头衔，可实际上有很多未署名的编剧受邀参与了剧本的创作，这样的做法让故事的形态混乱不堪。

我们曾经遇到过一名编剧，她的制片人和项目研发主管将她的作品改得面目全非。制片厂要求项目的花费保持在一千万美元，要比预算总额少，因此剧本被一群制片厂的律师、工商管理硕士及宣传部门的工作人员削减了整整二十页（银幕时间是三十分钟）。几个月后，这名编剧被召了回去。大家告诉她，整个故事被改得让人完全看不懂了，她应该帮忙"解决这个问题，但不能增加页数"。编剧抗议说她本来就应该参与原创剧本的修改工作，不料制片人却这样回复她："我们考虑过这个问题，但到时候你肯定会说，'故事、故事、故事'——可我们耗不起这个时间。"

大制片厂犹如一台续集制造机，当然它们偶尔也会制造出成功的原创剧本。可是为什么大家都愿意把自己的剧本放到里面经受折磨呢？答案就是金钱和名气。这就跟中彩票的道理一样。即使你面对数目不菲的薪资无动于衷，你也要知道有的项目是需要花费巨额的资金才能完成的。假如你的故事属于那种史诗级的宏大架构，或者类型归属明确，能吸引大批的观众，那么大制片厂的支持绝对不能少。预算越高，编剧的收入也就越高。即使你的薪资是五十万美元，这也不妨碍你知道他们会毁了你的故事这一事实。不过话说回来，这笔钱也算是一个大大的安慰了。大制片厂的发行渠道可是响当当的，这就意味着参与影片拍摄的明星会上《今日》（*The Today Show*）[1]，会在节目上发表观点，讲述这部作品对世界的意义。这也意味着你会收到来自澳大利亚和意大利媒体的采访请求，你会受邀参加在首尔举行的首映礼。这还意味着将有成千上万的观众看到你的电影。

大制片厂拍摄的剧情长片会倾向于寻找更成熟、更大型的制作公司参与摄制。"更成熟"在此语境下意指制作公司以前拍摄过赢利的项目。它们拍过高预算的电影，同大明星合作过，在大制片厂内有关系，甚至可以获得"第一优先合作协议"[2]。人们更想买自己喜欢的

---

① 美国的一档晨间新闻和脱口秀节目。

② "第一优先合作协议"是制片人（或编剧）和大制片厂之间签订的合同，指的是潜在的买家（制片人或大制片厂）向编剧或制片人付一笔所谓的研发费，让他们能先于他人看到还未写好的剧本或还处在开发阶段的电影和电视剧的第一手资料，同时它也让买家能优先获得作品的版权。

东西，因此许多成熟的制作公司都有自己独特的品牌产品。譬如，焦点电影公司的《迷失东京》（*Lost in Translation*，2003）、《暖暖内含光》（*Eternal Sunshine of the Spotless Mind*，2004）、《毒品网络》（*Traffic*，2000），试金石影片公司的《漂亮女人》、《世界末日》（*Armageddon*，1998）、《修女也疯狂》（*Sister Act*，1992），新市场影业的《耶稣受难记》（*The Passion of the Christ*，2004）、《死亡幻觉》（*Donnie Darko*，2001）、《记忆碎片》（*Memento*，2000）。

如果作品需要花大量的资金，希望由主流的发行公司发行，编剧就得参加这些大型制作公司的听证会。想参与听证会，首先需要与小型制作公司建立联系。这些小型的公司会把项目报给那些与制片厂签订了合约的大型公司。这也解释了为什么片子的开头字幕会打出好几家制作公司的名字——比如，某家大制片厂出品的电影是由一家小公司同一家超大型的制片公司联合制作的。

大型的制作公司向制片厂提出某个项目后，制片厂的项目研发主管会立即着手故事的研发投入和电影风格的开发，以赚取最大的利润。制片厂有一套非常可靠的计算公式，它可以告诉负责人员如果电影有某位明星参与、在某个周末上映、基于某个知名的IP（知识产权），这部电影究竟可以赚多少钱。如今，大多数电影都是改编自现有的作品，而这些作品早已有了固定的粉丝群。对制片厂而言，比起预测一部全新的原创作品的票房收益，预测"蝙蝠侠"系列的第二十七部影片的票房则要容易得多。

这样的情况对编剧造成了很大的影响。对花费昂贵的原创故事，大型制作公司不愿意举行听证会。他们之所以不想要原创剧本，是因为原创剧本很难卖给大型的制片厂。能参与此类听证会的唯一方法就是你带着绝大部分的预算资金去找制作公司。

对给制片厂创作电影的编剧而言，他们出于希望被制片厂聘请的目的常常需要将自己的目光对准那些现有的故事题材。为制片厂效力的编剧一般备有展现自己原创想法的专业剧本样稿。这类样稿跟大制片厂的成片剧本一样具有"高概念"的性质（一般比成片剧本写得好），不过样稿只是为了让编剧能有更多的工作可做。为制片厂效力的编剧还需要有其他高票房收益的作品来证明自己的能力。

独立制片路线

独立电影属于在制片厂制度外拍摄的电影类型。影片质量不错的话，制片厂会购买并负责影片的发行工作，这也是大多数独立制片人的目标。每个大型的制片厂都设置有自己的独立电影部门，它们本身也在寻找这些"小宝藏"，希望花几百万美元购买其版权，然后针对特定的观众群体让影片产出比之前投资高出两倍或四倍的收益。

独立电影的预算一般都比制片厂制作的电影预算低。这类电影没有确定的类型，经常是杂糅了各种亚类型。制片厂电影可以被描述为"高预算的动作片"，独立电影则常常杂糅了不同的东西，比如在心理惊悚片或科幻电影里面加入哥特风格的主题和新奇的爱情故事。（好吧，我们说得夸张了点儿。请不要给我们寄这种类型的剧本。）

独立电影常常属于编剧的热血作品，代表着原创叙事，而这类故事完全不可能出现在大制片厂的项目研发表中。由于预算低，独立电影常常会加入许多艺术性的实验手法以辅助叙事，或者会完全避免使用特效，把精力集中在由人物推动的怪异小故事上。真正的演员比较倾向于拍摄独立电影，因为独立电影会给创作人员机会，让他们开辟新方向，尝试制片厂无法通过的那些稀奇古怪的东西。其中一个例子就是光彩照人的查理兹·塞隆（Charlize Theron）在《女魔头》（*Monster*，2003）里面扮丑，饰演了一名连环杀手——这个角色为她赢得了奥斯卡奖。

从编剧的立场看，走独立电影路线意味着你可以只取悦一小群人。即使大制片厂最终接手了该项目，电影也早已杀青，他们可以要求删改某些场景，但他们是无法改动整个故事的。

即便如此，想要有公司负责发行，独立电影也必须满足制片厂电影的要求才行。独立电影仍需要以明星为卖点，需要有吸引人的地方或大家没看过的东西，需要有新鲜感和商业性。虽然独立电影比制片厂电影更具实验性，但它仍不能太偏离好莱坞的惯常手法。在主流电影节上（比如圣丹斯国际电影节）表现良好的电影仍需要为影片的发行尽心竭力，因为发行与高回报紧密相连。

制片厂电影的管理人员太多，独立电影则缺乏足够多的管理人员。有些时候，竟然没有制片组成员给创作团队提重要的意见，而这些意见可以让故事和导演处于受控的状态之下。我们看到过走独立电影道路的制作人员犯的一个最大的错误就是，他们太投入了，甚至不惜冒巨大的风险，比如抵押自己的房子。他们之所以这么做，是因为对自己未经检验、未经证明的作品抱有极大的信心。但是到头来，为了说服投资人投放资金，所有的独立制片人还是需要证明，或至少书面上证明，影片是有受众群体的。独立电影依然需要"高概念"的东西来吸引观众。

低成本拍片

由于科技的进步，低成本电影对拍摄者来说是一条可以闯入好莱坞的令人兴奋的新道路。拍摄低成本影片一般都是通过众筹（比如，家人和朋友的资助）或某位投资人注资完成的。大家的想法是每个人都在进行义务劳动（或接近这个想法），为了使电影能成功拍摄，投资的金额只需涵盖最低的花销即可。

对编剧而言，这就意味着你将白忙活一场，或延期收到基于后期结算的薪资（你不要对这种薪资抱太大的希望）。低预算的优秀故事一般内含普世理念，是编剧的心声，而且这类故事能同那种缺少资金、风格朴实的电影擦出奇特的火花，比如电影《女巫布莱尔》（*The Blair Witch Project*，1999）。低成本电影的拍摄外景地通常比较中规中矩，大多都在室内完成，而且它们更多的是依靠演员的精湛表演而非实实在在的电影体验。它们的成功有两种可能：要么在网络上疯狂传播，要么在电影节上获奖后再吸引发行商。

尽管拍这样的电影不太会遇到财务风险，但是低成本电影要想突出重围乃天方夜谭。也就是说，电影的受众群体只可能是一小批人。但如果你的目的是先打下名声并获取一些实战经验，对想看到自己作品搬上银幕的新手而言，走这条路不失为一个可行的办法。

第二十四章
人脉关系

批注：

- "我从来没听说过这个人。"
- "他要是表现得不那么急迫，兴许还有一丝机会。"
- "我们也不知道要不要给她一次机会。"
- "这个编剧并不在乎人脉关系，只是在利用别人而已。"
- "编剧说的话正合我意。"

我是不会加入那种所有成员都跟我一个样的俱乐部的。

——格劳乔·马克斯（Groucho Marx）

写剧本这件事情任何人在任何时候都可以进行，拍电影则需要你有认识的人，或者更准确地说，要有人认识你。

建立人脉关系属于编剧职业生涯中至关重要的一环。电影是需要大家通力合作完成的，编剧应同其他合作者时常联系，这跟编剧创作作品同样重要。大家自然而然地想跟有经验且值得信任的人合作。

不管在创作上还是就人而言，你都很难找到与你步调一致的人，这也是为什么蒂姆·波顿（Tim Burton）会和约翰尼·德普（Johnny Depp）、史蒂文·斯皮尔伯格、约翰·威廉姆斯（John Williams）、马丁·斯科塞斯（Martin Scorsese）、莱昂纳多·迪卡普里奥（Leonardo DiCaprio）不断合作的原因。

许多编剧告诉我们他们不喜欢搞关系，因为这么做会显得自己很廉价。他们讨厌在聚会或首映礼上阿谀奉承博上位，希望大家透过优秀的作品来评判自己，而非在人多的屋子里被大家称赞有多棒。他们是深沉的思想家，不愿成为那种矫揉造作的虚假之人。如果你在社交的时候怀揣上述想法，我们给你的建议是：那就不要成为矫揉造作的虚假之人。

有效的人脉是同他人建立真诚而持久的关系。这意味着你需要实实在在地了解并珍视你周围的人，仔细聆听他们讲话，并借此表明你是一个靠得住的人。你值得信赖，在意的是人本身，而非他能为你做什么——你是一个真实的人。

干这行若能遇上一个真实的人是一件让人高兴的事情，但它发生的概率极低。如果你真的遇上了一个真实的人，大家会成为真正的朋友，无论何时，不管用何种方式，只要力所能及我们都会帮助他们。我们或许不能立即给他们一个机会，但他们有什么事情我们都会密切关注。成功的好莱坞编剧其实有很多人脉关系，所有的关系都是无价之宝。不过，只有很少的关系能转化为工作上的联系。

在绝大多数情况下，编剧的初次"工作机缘"并不会由好莱坞的大佬给出，一般都是那些同你看过"超级碗"比赛或登过鲍尔迪山的同辈提供的。我们的朋友、编剧兼制片人大卫·麦克法泽恩说自己之所以能得到第一次机会，是因为他跟制片人马特·威廉姆斯（Matt Williams）"睡过"。当然不是那种关系了，他们曾经是大学室友。两人共同制作了热门电视剧《男人不易做》（*Home Improvement*，1991-1999），两人共事的时间已超过三十年。

当我们给新来的编剧和制片人上课时，我们会让他们先环顾四周，再告诉他们，工作的机会基本上都是由自己的同辈提供的，那些来自好莱坞的工作人员或客座演讲人不太可能给你什么机会。当某位同辈闯入好莱坞后，他会尽可能多地带上自己的朋友。要想有这类朋友，你得先认识大量的熟人。那么你该怎么找到他们呢？

去学校学习

写剧本不一定需要高学历，但你需要专业的训练和实践。参加学术性或职业性学习项目的一个好处就是能让你接触到一群会严肃对待这门"手艺"的人。从顶级电影学院毕业的校友们之所以容易成功，是因为他们在大制片厂和制作公司有人脉关系。你的同学是你建立人脉关系的起点。如果你展现出编剧和真实的人应有的样子，那些愿意帮忙的人自然会注意到你。

参加当地大学开设的继续教育课程会让你遇到一些"准编剧"。你可以和这些想走这条路的人建立朋友关系。如果大家花钱学习这门课程，这表明这些人很有可能会真正地朝这条路发展。

找份工作

众所周知，在好莱坞找一份助手的工作能给你带来更大的机遇。对于许多想要成为编剧的助手来说，这份工作让他们进退两难，因为白天的工作实在太忙了，你完全没有时间搞创作。如果你既能做好助理的工作又能坚持写剧本，那么你因工作建立起的关系终将回报于你。其他比较好的、适合职业初期做的工作还包括在主流经纪公司的收发室上班，或者去大制片厂找一份临时的工作。好莱坞一般都从内部招人，假如你想进入这一行，就不要嫌弃工作的高低贵贱。只要你干好工作，达到别人的要求，你就能往上走。

当然，如果在往上走的道路上你能够善待每一个人，那么，你之后的生活也会因此过得更幸福快乐一些。同时，这也意味着你的职业生涯会更加成功。许多在好莱坞闯荡了十多年的人最后发现自己当前的工作竟然是曾经招聘过的人给的。

加入专业性的组织

好莱坞有非常多优秀的组织机构是专门为结交朋友、建立关系这一目的设置的。这些机构会毫不避讳地表示自身存在的目的就是让大家通过建立人脉关系而功成名就。然而，建立关系靠的依然是向大家展示你是一个真实的人。有些顶尖的机构会提供相关的指导，这是一个非常好的方法，能让你听一听好莱坞智者给出的建议。因此，你可以看看下面这些机构：洛杉矶女性电影人组织、世界动画协会、和平电影协会，或者其他各式各样的行业协会。想遇到拍电影的人，你得先跟热爱电影的人打交道。

参与聚会

经典好莱坞时期的这一块做得最好，各种协议都可以在台球厅和棋牌室内签订。过去那种好哥们儿类型的俱乐部在今天依然有市场，不过现在基本上一半的参与者都是女性——我们从事的是影视业，在这个竞争白热化、压力重重的圈子里放松一下其实对你个人和职业成长都至关重要。如果你是那种无趣的人，你猜会怎么样？好莱坞才不会靠近你呢！

好好利用你的住址

的确，住在好莱坞的人一说到各种建立人脉关系的机会就会犯"富有的尴尬"的毛病。你要是没住在好莱坞，我们还有其他的方法供你建立关系。比如，找一找当地的电影分支机构。你所住的城镇如果有电影节或电影委员会，你就应该去结交相关人士。另外，网上也有可以建立人脉的群组。独立电影正在好莱坞之外的地方渐渐发展，所以如果走独立电影是你的方向，你就不应该把没住在好莱坞当作一个借口。

请把电脑关上

很多编剧会从社交媒体着手，希望能借此"走出去"，但基本上他们都一无所获。你只有面对面地与一个活生生的、真实的人交流才能获得成功，而网络上建立的关系无法达到我们所说的那种深层的交往。许多人错误地以为，只要跟某位成功的编剧或导演成为"脸书"（Facebook）好友，在新闻推送里面看看他们的动态，他们就会突然叫你来帮个忙。然而，这样的事情是不会发生的。

干这行的人如果仅仅在社交媒体上收到你的推销说辞，却没有面对面地看到你，他们必定会觉得索然无味。记住，你是一个真实的人，你想见的那个人同样如此，因此你还是要用原来那种"真实"的方式去了解他们。

第二十五章
成功

批注（编剧的内心戏）：

- "我要是永远都成功不了，该怎么办？"
- "他们竟然喜欢我！他们真的、真的很喜欢我！"
- "我成功了！可为什么我的朋友们都不喜欢我了呢？"
- "她成功了。不过现在她非常自以为是。"
- "我渴望回到税务局还未死盯着我的简单日子中去。"

以前我总是想成为一个大人物，现在我意识到我的目标应该更具体一些。

——莉莉·汤姆林（Lily Tomlin）

我们全都想象过自己获奥斯卡奖的场景：我们站在舞台上，手握金色的奖杯。剧院的大厅时尚奢华，天鹅绒座椅摆在大厅的中央，闪闪发亮的水晶灯吊在天花板上。当然，我们自己看上去也非常棒：头发经过了精心的打理，看起来仿佛年轻了十岁，身上也少了五斤赘肉。当微笑的时候，我们露出一副洁白的牙齿。放眼望去，台下尽是穿着燕尾服和晚礼服的观众，大家拍手鼓掌、欢呼雀跃。我们在人群中认出了几张熟悉的脸庞，他们用微笑向我们示意——这些人一路上都曾帮助和激励过我们。某个说我们决不会成功的人坐在大厅的角落里，紧张不安。算了，不能这么想，应该换成他在家里观看这场颁奖典礼，独自一人坐在昏暗处吃着热狗。最后我们的身子倾向话筒，整个大厅顿时安静了下来，然后我们开始说："我想感谢……"

即使一切都是想象，编剧的奥斯卡获奖感言却早就想好了。我们为什么不可以想象一下呢？我们辛苦工作，把几年的时间都耗费在一部作品上，而且收到的回复常常少之又少，更别说什么赞誉之词了。我们希望受到尊重和重视，希望自己的工作有意义。抛开上述观点不谈，难道影视业的各种奖项存在的意义不正是在此吗？难道奖项不是在给某人的成就和成功评分吗？

然而之后我们看到了这样的头条新闻：妻子获了奖，丈夫却一无所获，那对般配的夫妻之后竟然离婚了；那名编剧荣获"最佳编剧奖"后便再无新作问世；那名制片人的作品相当失败。

我们从未想过这样的事情会发生在自己身上。我们明白这个行业变幻莫测，可我们仍然希望自己是其中的例外。我们抱着"要是……就好"的希望，幻想幸运的护身符能抵挡厄运的吸血鬼。

许多人一直在追逐成功的梦想，但当他们真的成功后却发现这一切的意义并没有那么大。他们还得继续努力苦干，创作下一个故事，为空白的银幕填满台词，并继续同蹩脚的批注意见和难相处的人周旋。没错，他们是打开了几扇机会之门，但成功的编剧依然需要努力地创作故事。更糟的情况是，成功并没有使他们如自己希望的那般更快乐、更聪明、更漂亮或更纤瘦。如果你的生活过得一塌糊涂，影视业赐予你的成功也只会让你感到万分空虚。

你有没有说过下面这些话？

要是我……

有更多的时间创作

有更多的钱

有更好的工作

白天不用上班

有制片人

有支持我的另一半/父母/导师

有可靠的人脉

有经纪人/经理人

我就会（能）……

很高兴

很满足

有明确的目标

有创造力

很自信

功成名就

著作颇丰

把作品创作出来

精通各种技能

每个条目由于本身并无关联而彼此不对等。外部条件不能决定一个人是否拥有幸福感。

成功是人的一种感知，由认同感支撑。假设有人认为你很成功，可你不这样看，那这表明你成功吗？相反，假设你自认为是一名成功人士，但其他人都不认同，那这表明你成功吗？如果大家（包括你自己）都认为你是一个失败者，你死后只留下了一抽屉的剧本，结果有人无意中发现了它们并觉得此乃绝妙之作，你会以成功的编剧之名被载入史册吗？

那么，你何时才会有那种成功感？答案非常个人化。这个问题涉及很多层面。成功是你达到了自己一连串的目标，它们与你的生活目的协调一致。成功是生活中那些你认为重要的人给予你的认同感。没有目的则无法成功。如果不能同可以赋予目的意义的人保持良好的关系，你同样无法成功。

如果你的目的是讲述能引人深思、有美好结局的故事，有人看了故事后发现了结局的壮丽之美，这就表明你已经成功了。故事拍没拍出来、票房有没有大卖，其实并不重要，因为你的目的已经达到了。也许，你的目的就是希望票房大卖，这没什么问题，不过请确保那些你认为重要的人和碰巧被你的大片感动的人能给予你认同，不要让这份认同感局限在制片厂银行账户的数字上。

拥有成功职业生涯的第一步其实是拥有一个成功的人生。我们所谓的"人生"是指你是否能同他人保持良好的关系。如果你的人生过得很成功，编剧事业做得却很失败，你依然可以拥抱有意义的美好生活。拥有成功人生的人做任何事情都不会失败，虽然这一点值得商榷，但是如果你的人生过得很失败，就算你因为工作而名利双收，你依然会感到空虚。

先想一想自己对成功的定义。接着列出你生活里的重要事件和目标，这些可能会是你成功的标志。哪些情况出现后，你才会认为自己能事业与人生双丰收？接下来再看一看拟好的表单，这里面的事情有多少是你能控制的？你每天需要做些什么才能帮助自己实现目标？很有可能今天你做的很多事情都能给你未来的人生带来帮助，不过最终的结果取决于一些不可控的因素，比如时间、命运以及他人的认同，等等。但是，如果你持续地掌控了那些可控的因素，你成功的概率就会变得非常高。

如果你真的出名了，你发现自己突然要跟好莱坞的圈内人打交道，该怎么办？这很有可能会发生。跟你在TMZ网站①上看到的刚好相反，你可以在获得名利的同时还能做一个善良、正派的好人。下面这些事情你需要牢记。

不要忘记身边的普通人

在有名有钱之后，人们会突然对你感兴趣。他们认为你的成功是达到他们目的的手段，为了自身的进步，他们会利用和盘剥你的成功。这类人根本不在乎你是谁。同样，我们也看到过许多人在向上爬的过程中失去了他们自认为是朋友的一群人，这些所谓的"朋友"只会嫉妒他们的成功。当有好事发生时，你的朋友如果不能真正地为你高兴，那么他就算不上是你真正的朋友。那些全程都在支持你的人才是你真正值得结交的人。他们了解你，不管你在IMDb上的评分有多高，都会一如既往地喜欢你。这些才是你一生中真正的朋友，这样的

---

① TMZ是美国一家报道名人新闻的网站，该网站多曝光好莱坞明星与名人的八卦花边新闻，内容颇为辛辣震撼。

友谊你才应该一直维持下去。

存钱并投资

职业编剧可不是一份稳定的职业。项目的暂时性决定了编剧即使有收入也必须存钱，并且只能过平常人的生活。成功的编剧在没有找到新工作前能支撑自己好几年。据WGA的数据显示，职业编剧的平均年薪不到三万美元，这就意味着在任何一年里，只有少数编剧能赚大钱，而大多数人的收入为零。

一切都会过去，成功也不例外

即使是最成功的职业生涯也有终结的那一天。许多编剧一辈子"名垂影史"的机会只有一次。影视项目与协议都处在不断的变动之中，职业编剧可能手握十多个项目，但这些项目在特定的时间内也许有着落，也许毫无进展。如果你发现自己突然变得十分抢手，这当然是件好事，不过你要知道这并非持久之事。那么接下来我们就需要——

享受这段旅程

在某段时间里，我们可能会遇到困难乏味的工作和使人焦虑的协议，但干编剧这一行总能体会到令人感到光荣、兴奋和有趣的时刻。我们希望每一位编剧一定要好好享受那些有趣的时光。我们与最具创造力的人一起共事，用想象创造了整个世界，有时我们的作品还会触及人们的心灵。虽然我们的工作存在诸多的压力，但我们能做别人不能做的事情，因此请好好享受这一切吧。

第二十六章
关于编剧这一行的常见问题

以下是一些我们常常被问到的问题。

我知道你们写了整整一章关于如何与制片人共事的内容，但我还是想知道要怎么做才能联系到经纪人。

根据我们的经验，你是无法直接联系到经纪人的，只有经纪人来找你。换句话说，等你的事业稍有起色后，某个经纪人会突然出现在你家门口，说他想助你的事业上升一个新的台阶。

是金子在哪里都会发光。经纪人明白这一点，同时他们也清楚，能撑过起步阶段的编剧从长远来看可能会是一个更好的赌注。跟大多数新手的想法相悖的是，经纪人对具体的项目并不感兴趣，他们感兴趣的是编剧本身。他们想签的是那种能让他们持续赚钱的编剧。他们寻找的是能投身这一行并具备相关技能的潜力股。

以下这些事情可以让经纪人注意到你：参加编剧大赛并获奖，拍摄网络剧并热播，创作低成本的电影且受到了好评。就项目本身而言，经纪人找的是那种立刻就能卖出的剧本，因此你需要准备好几部经过润色的剧本样稿，然后才能起身行动。

我们知道你不太相信我们上面所说的话。当然最好的情况是某个经纪人先上门联系你。许多编剧是经由其他业内的成功人士引荐的，但你要记住一点，你需要非常精通这门手艺，这样你才能成为他们想推荐的人选。

经纪人、经理人和律师的区别是什么？

经纪人代表你洽谈合同的事宜并从你的所得中抽取百分之十五的佣金。经理人只有在经纪人缺席的情况下才能代表你参与合同的洽谈，理想的经理人还可以给你提出更多的建议，助你巩固自己的事业。经理人提取百分之二十的佣金。律师则负责检查你的合同，看看它是否对你最有利。通常他们提取百分之十的佣金。

你一定要确保自己聘请的律师是专门调解涉及娱乐法规纠纷的。在你参与的部分早期项目中，你有可能付给律师的费用会比你赚的钱还多，但这很值得。

尽管以上的专业人士都可以帮助你，但前提是你得找到工作。有的编剧以为只要签了经纪人或经理人就可以高枕无忧，等着工作蜂拥而至，结果却事与愿违，这一点令他们十分沮丧。

只有自己才能真正考虑自身职业的高风险性。经纪人和经理人可以代表你投递剧本、安排会面，但大多数有经纪人和经理人的编剧仍然需要亲手创作剧本。

最先考虑哪一个？经纪人、经理人还是律师？

在大多数情况下，律师都应该被列为首要考虑的对象，因为大多数人在还没找到经纪人或经理人之前就已经写了一些剧本了，而这些剧本是需要签订合同的。你究竟是先引起经纪人的注意还是经理人的注意，这都不重要，因为聘请了其中一个，另一个自然会上门联系你。

上面这些人我都用得到吗？

如果你是一名职业编剧，签订的协议是WGA级别的，那么回答自然是肯定的。如果你才刚起步，聘请律师则是重中之重。不管制片人跟你说了多少次，这种做法不是一个好兆头，表明你不信任他人，也不管制片人跟你的关系有多铁，只要律师不在场，什么合同你都不要签。尤其要注意那种说你们是朋友的人！

WGA是什么组织，怎样才能加入？

美国编剧协会是在职编剧的工会组织，有东部和西部两个分会。加入工会的编剧只能给经过WGA认证的制片人工作。正经的制片人属于编剧协会的签约人员，因为制片厂的发行和电影的署名WGA都有权审核。根据WGA商定的基本协议，协会必须保证会员的最低工资。但经过谈判后，大多数项目的报酬都比最低工资还要高，这样编剧才能支付经纪人和律师的费用以及其他一些开销。只要编剧手上的项目是协会签发的，他就能加入WGA。不管你有没有加入WGA，你都应该去WGA注册你的作品。

我该何时加入WGA？

你可以在以下时刻加入WGA：即便参与了非WGA签发的项目，你也不会丢掉一些有报酬的好工作；你需要医疗保险，也清楚自己在接下来几年内能赚够钱支付其所需的费用（每年大概需要赚三万五千美元）；你觉得加入WGA会比较好。

别人是否会剽窃我的故事创意？

会的，不过圈子以外的人不太会这样想。编剧应该进行严格的调查工作，保护自己的剧本和场景大纲。你还需要申报版权，到WGA注册作品，把之前所有的剧本样稿都详尽地列好清单并准备好。这些工作只有靠你自己才能完成。

讽刺的是，会问这种问题的编剧和制片人大多手上的项目都很糟糕，构思也比较拙劣，而且项目完全没有市场。当我们说"这个构思特别安全"时，这些人完全没有领会到话中隐含的讽刺意味。

署名被替换需要担心吗？

我们常常看到这样的事情：未加入协会的新手卖出剧本后，如果剧本被某个WGA认证的制片公司选中，剧本的署名可能会被替换。WGA会对这类问题置之不理，因为它只负责处理会员的著作版权问题。

有一个方法可以让这场终极较量变得更有噱头，那就是在合同里加入一项条款，类似下面的这段话："若本项目被WGA认证的制片公司选中，该作品的编剧将不受WGA条款的限制，该编剧将被视为原创故事和剧本的作者。制片公司必须支付所有酬金和费用，以示支持。再者，该项目编剧应收的酬金将根据WGA的最低工资标准调整至××美元。"

我正在签第一份合同，怎样才能做到公平？

在签合同的时候，你需要考虑很多因素。再说一遍，最好的办法还是去咨询律师。编剧第一次签的合同大多都是将自己以非常廉价的酬劳"卖"给了制片人。反过来，编剧也需要评估潜在的机遇。项目会有进展吗？项目有可靠的发行渠道吗？我还会有更多的（薪资更高的）工作机会吗？许多制片人与刚入行的编剧签订合同会尽量采取后期结算的方式，然而这类合同基本上都没什么好结果。假如项目的收益出人意料地丰厚，那么最好的合同应该是你预先获取一部分酬金，再规定后期结算的酬劳应该是多少。编剧的总酬金是可以商定的，但一般都占总预算的百分之二到百分之四。

无酬劳的工作值得去做吗？

原则上你不应该做无酬劳的工作，但在起步阶段，你可以低薪干活。实际上，你的第一份工作多半可能收不到什么工资，因为这不关乎赚钱的问题，而在于你结识了一群合作愉快的共事者。对其他可能与你合作的人，他们会为你说许多好话。对待免费的东西，一般人会表现出不尊重或不重视的态度。身为编剧，即便你收到的酬劳是象征性的，其他人也会抱着极其认真的心态对待你。另外，投钱越多的制片人越着急推销项目。

在你的职业生涯中，你总有一天会收到合理的报酬。剧本的创作与故事的研发进程常常被大家严重低估，即便从长远看对其投入合理的资金会节约上百万的成本，这两个环节依然不会受到重视。

你们说待售剧本的市场已是一潭死水。那么什么是待售剧本，我还需要写一部这样的剧本吗？

你还是需要写的。待售剧本是你利用自己的时间做的"义务劳动"，它是表达编剧自身看法、展现自我才华的样稿。待售剧本可能会被制片方购买并按照故事片的标准投入制作，不过这样的概率非常低。专门为电视这一媒介写的待售剧本则更不可能了。因此，这类剧本属于制片方在招聘时用来考察编剧对某个项目的驾驭能力的写作样本。譬如，某个制片人正在制作一部动作惊悚片，他想读读你写的待售剧本，但其实他心中早已想好了故事类型或人物，只是想看看你是如何处理这两个部分的。有的制片人聘请你来是想让你"冒险"（即"不会提前预支费用"）将他自己的想法转化为文字，再决定要不要买你的剧本。这种情况发生的概率比你想象的要高。

参加电影节和剧本大赛有用吗？它们值得参加吗？

一切取决于电影或剧本大赛本身。每年都有许多在偏远地区举行的电影节，而且主办方基本上甚至完全没有当编剧或制片人的经验，对市场也完全没有概念。他们的目的是为了赚取投稿费，举办的主要原因则是他们都是影迷。你要小心那种为某一议题设置的比赛。这类似于一群人在那里说，"嘿，我们都很喜欢毛茸茸的小兔子，那我们就举办一场'毛茸兔剧本大赛'，让大家更多地了解这些毛茸茸的可爱小生物吧"。这听上去很不错，但这与全球的电影市场毫无关系。倘若你赢了这个"毛茸兔剧本大赛"，千万不要指望好莱坞会对你刮目相看。

其实很多电影节都不值得编剧大费周章。不过你可以找那些真正值得参与的电影节。首先你需要把自己的剧本投给那种中等级别的赛事，它们一般都举办了很多年，而且会发给获胜者真正的奖金。一旦你的能力大有提升，你就应该参加在业内有名气的电影赛事，比如尼科尔剧本写作奖或"Final Draft"剧本突破大赛。获奖或进入决赛是引起他人注意的好方法。问题在于，参与此类奖项的人实在太多了，即便你是一名特别优秀的编剧，获奖的概率也微乎其微。你自己成功找到制片人的概率都比这个要高。

然而，虽然你花了六十美元，如果能获奖你还是会很高兴，所以我们建议编剧每年都参加四到五个这样的活动。去www.withoutabox.com网站搜索，你就能看到在特定的时间里举行的各种剧本大赛。

我想卖出自己的剧本，还有其他可行的方法吗？

你还是要积极地建立人脉关系，与业内的各种人士见面，努力成为一名大家喜爱的优秀人才。你需要听从智者史蒂夫·马丁（Steve Martin）的建议："如果你足够优秀，别人是没法忽视你的。"倘若你足够优秀的话，大家自然会注意到你。另外，记得要多面下注。你需要立刻着手准备自己的下一个项目。不管任何时候，职业编剧的手头都攒着十多个项目，而且它们分别处在不同的创作阶段。大多数编剧能有一个项目大获成功就算很幸运了。银幕上每放映一部电影，背后就有成百上千的作品命染黄沙。你一定要坚持下去。

第二十七章
总结：职业编剧须遵守的规则

　　下面是我们给共过事的新手编剧制定的一些基本规则，它们代表了有三十多年职业编剧和项目主管经验的我们所能提供给大家的集体智慧。有的规则需要你有一定的经历后才能完全理解，而且随着你在这一行里迈步前行，有些规则也自然会变得越来越明晰。

规则一

千万不要一个人签合同。

（你就是狼群中那只待宰的羔羊）

规则二

千万不要跟制片人谈钱的问题。

（不然那些代理人的努力就会付诸东流）

规则三

递交剧本前记得去WGA注册。

（但你要清楚剧本注册在法律上是没有任何意义的）

规则四

让你的经纪人、经理人或律师主导相关事宜。

（对这些人而言，你就是生意场上的"文盲"）

规则五

经纪人替代不了你自己的思考。

（不要成为生意场上的"文盲"）

规则六

不要发牢骚。

（干这行本来就很辛苦，如果你一定要这么做，那就走法律程序，否则就闭嘴）

规则七

如果你一定要发牢骚，那就对准你的经纪人或经理人。

（千万不要对以下工作人员发牢骚：制片人、联合制片人、项目的主要投资人、器械师、执行制片人、后勤人员）

规则八

千万不要在背后对同事说三道四。

（这些人不是你的家人或朋友，他们仅是你生意场上的伙伴而已。大家共事所需的和谐比你想的要重要得多）

规则九

等支票账目清算完结后再花钱。

（好莱坞开空头支票的事情可比其他地方要多）

规则十

等把税缴清后再花钱。

（对于那些签了独立合约的人而言，每天都是交税
的日子）

规则十一

千万不要错过了交稿日期。

（当着你的面他们会说没关系，背着你他们会讲另
一套言辞）

规则十二

错过交稿日期也好过递交一份写得一塌糊涂的剧本。

（你应该全程与你的制片人保持交流，好让他们知
道剧本的进展情况。如果你还需要多一点时间，那
就想办法征得他们的同意）

规则十三

让自己尽可能长时间地待在谈判桌旁。

（减少自己的酬劳，以换取创意顾问或某类制片人
的头衔。如果你坐在谈判室里，请为你的剧本据理
力争）

规则十四

自己对自己吹嘘的话就不要信了。

（你可能今天是"成功人士"，明天就是"失败之人"。这没有任何意义）

规则十五

说谎者只会说谎，骗子只会欺骗。

（人内心的道德观一旦崩塌就会毫无畏惧）

规则十六

感谢不要只在口头上说说。

（请向同人们邮寄致谢卡、鲜花以及引荐他人。大家会记住你的）

附录一
史上一百部最具影响力的电影

（根据各类排行榜整理汇编）

1. 党同伐异（*Intolerance: Love's Struggle Throughout the Ages*, 1916）

2. 诺斯费拉图（*Nosferatu, A Symphony of Horror*, 1922）

3. 战舰波将金号（*Battleship Potemkin*, 1925）

4. 淘金记（*The Gold Rush*, 1925）

5. 将军号（*The General*, 1926）

6. 爵士歌王（*The Jazz Singer*, 1927）

7. 大都会（*Metropolis*, 1927）

8. 日出（*Sunrise : A Song of Two Humans*, 1927）

9. 圣女贞德蒙难记（*The Passion of Joan of Arc*, 1928）

10. 西线无战事（*All Quiet on the Western Front*, 1930）

11. 城市之光（*City Lights*, 1931）

12. M就是凶手（*M,* 1931）

13. 鸭羹（*Duck Soup*, 1933）

14. 金刚（*King Kong*, 1933）

15. 一夜风流（*It Happened One Night*, 1934）

16. 礼帽（*Top Hat*, 1935）

17. 摩登时代（*Modern Times*, 1936）

18. 大幻影（*La Grand Illusion*, 1937）

19. 白雪公主和七个小矮人（*Snow White and the Seven Dwarfs,* 1937）

20. 罗宾汉历险记（*The Adventures of Robin Hood*, 1938）

21. 乱世佳人（*Gone With the Wind*, 1939）

22. 史密斯先生到华盛顿（*Mr. Smith Goes to Washington*,1939）

23. 关山飞渡（*Stagecoach*, 1939）

24. 绿野仙踪（*The Wizard of Oz*, 1939）

25. 银行妙探（*The Bank Dick*, 1940）

26. 女友礼拜五（*His Girl Friday*, 1940）

27. 公民凯恩（*Citizen Kane*, 1941）

28. 马耳他之鹰（*The Maltese Falcon*, 1941）

29. 卡萨布兰卡（*Casablanca*, 1942）

30. 双重赔偿（*Double Indemnity*, 1944）

31. 罗马，不设防的城市（*Rome, Open City,* 1945）

32. 生活多美好（*It's a Wonderful Life*, 1946）

33. 偷自行车的人（*The Bicycle Thief*, 1948）

34. 彗星美人（*All About Eve*, 1950）

35. 罗生门（*Rashomon*, 1950）

36. 日落大道（*Sunset Boulevard*, 1950）

37. 非洲女王号（*The African Queen*, 1951）

38. 正午（*High Noon*, 1952）

39. 生之欲（*Ikiru,* 1952）

40. 码头风云（*On the Waterfront,* 1954）

41. 后窗（*Rear Window,* 1954）

42. 搜索者（*The Searchers,* 1956）

43. 桂河大桥（*The Bridge on the River Kwai,* 1957）

44. 第七封印（*The Seventh Seal,* 1957）

45. 迷魂记（*Vertigo,* 1958）

46. 四百击（*The 400 Blows,* 1959）

47. 热情如火（*Some Like It Hot,* 1959）

48. 桃色公寓（*The Apartment,* 1960）

49. 筋疲力尽（*Breathless,* 1960）

50. 甜蜜的生活（*La Dolce Vita,* 1960）

51. 惊魂记（*Psycho,* 1960）

52. 西区故事（*West Side story,* 1961）

53. 阿拉伯的劳伦斯（*Lawrence of Arabia,* 1962）

54. 满洲候选人（*The Manchurian Candidate,* 1962）

55. 杀死一只知更鸟（*To Kill a Mockingbird,* 1962）

56. 八部半（*8½,* 1963）

57. 大逃亡（*The Great Escape,* 1963）

58. 奇爱博士（*Dr. Strangelove : How I Learned to Stop Worrying and Love the Bomb,* 1964）

59. 马太福音（*The Gospel According to St. Matthew,* 1964）

60. 安德烈·卢布廖夫（*Andrei Rublev,* 1966）

61. 日月精忠（*A Man for All seasons*, 1966）

62. 白日美人（*Belle de Jour*, 1967）

63. 雌雄大盗（*Bonnie and Clyde*, 1967）

64. 2001太空漫游（*2001: A Space Odyssey*, 1968）

65. 虎豹小霸王（*Butch Cassidy and the Sundance Kid*, 1969）

66. 日落黄沙（*The Wild Bunch*, 1969）

67. 教父（*The Godfather*, 1972）

68. 唐人街（*Chinatown*, 1974）

69. 教父 II（*The Godfather: Part II*, 1974）

70. 大白鲨（*Jaws*, 1975）

71. 出租车司机（*Taxi Driver*, 1976）

72. 安妮·霍尔（*Annie Hall*, 1977）

73. 星球大战（*Star Wars*, 1977）

74. 现代启示录（*Apocalypse Now*, 1979）

75. 象人（*The Elephant Man*, 1980）

76. 夺宝奇兵（*Raiders of the Lost Ark*, 1981）

77. 银翼杀手（*Blade Runner,* 1982）

78. 外星人E. T.（*E. T. the Extra-Terrestrial*, 1982）

79. 摇滚万万岁（*This Is Spinal Tap*, 1984）

80. 回到未来（*Back to the Future*, 1985）

81. 巴贝特之宴（*Babette's Feast*, 1987）

82. 抚养亚利桑那（*Raising Arizona*, 1987）

83. 罪与错（*Crimes and Misdemeanors*, 1989）

84. 当哈利遇到莎莉（*When Harry Met Sally···*, 1989）

85. 沉默的羔羊（*The Silence of the Lambs*, 1991）

86. 不可饶恕（*Unforgiven*, 1992）

87. 土拨鼠之日（*Groundhog Day*, 1993）

88. 低俗小说（*Pulp Fiction*, 1994）

89. 玩具总动员（*Toy Story*, 1995）

90. 冰血暴（*Fargo*, 1996）

91. 泰坦尼克号（*Titanic*, 1997）

92. 拯救大兵瑞恩（*Saving Private Ryan*, 1998）

93. 楚门的世界（*The Truman Show*, 1998）

94. 黑客帝国（*The Matrix*, 1999）

95. 天才一族（*The Royal Tenenbaums*, 2001）

96. 千与千寻（*Spirited Away*, 2001）

97. 前进天堂（*In America*, 2002）

98. 蝙蝠侠：黑暗骑士（*The Dark Knight*, 2008）

99. 艺术家（*The Artist*, 2011）

100. 地心引力（*Gravity*, 2013）

附录二
标题页的正确格式

上流社会

编剧

芭芭拉·尼克罗西

改编自（如有可写）

最新修改时间

2014年9月

代理人   芭芭拉·尼克罗西

鲍曼经纪公司   加利福尼亚州洛杉矶市

某某大街999号

电话号码

APPENDIX B

CORRECTLY FORMATTED TITLE PAGE

Select Society

by
Barbara Nicolosi

Based on, If Any

Current Revision
September 2014

Represented by   Barbara Nicolosi
Bauman Management   999 My Street
                                Los Angeles, CA
                                Phone Number

附录三
首页的正确格式

淡入

内　阿默斯特学院 — 大客厅 — 日（1896年）

一名戴着眼镜的**年轻男子**眨了眨眼，然后举起一只手。

年轻男子

你不能告诉我们原因吗？为什么她从不出门？为什

么她不愿意见任何人？

穿着礼服的**大学生**和拘谨的北方**市民**成排地坐在一间令人印象深刻的房子里。房内的墙壁上镶满了一排排书架，墙上的壁炉为房子供暖。大家先是看着那名学生，然后把视线转向……

梅布尔·卢米斯·托德（44），穿着一身手工刺绣的连衣裙，戴着一顶精致的小帽子，仿佛从一幅美丽的画卷中走出来。她娇小的身材和外貌完全无法遮蔽耀眼夺人的气势所散发的光芒。她挥了挥手，散发出成熟的气质。

梅布尔

这当然是阿默斯特将近三十年里最能引起大家关注

的一个谜，也许在整个文学史上亦是如此。

大伙儿点了点头，盯着梅布尔，完全被她迷住了。

梅布尔（接上）

我曾经与诗人有过一段亲密的接触，

对此我有深刻的见解。

梅布尔暂停了一下，好让大家领会她身份的含义。

一个年轻的姑娘嚼着口香糖，听得很投入。

一名身着礼服的**教授**从一本绿皮书的书页间抬起了头。

教授

但丁有他的贝雅特丽齐，布朗宁有他的伊丽莎白。

那么，谁……

梅布尔

啊，这可是第二大未解之谜！她那伟大的爱情故事究竟是什么样子的？我们所有人都知道她一定有一段恋情。如果没有感受过爱情又怎么可能写出如此多的爱情作品。

教授严肃地点了点头。

APPENDIX C

CORRECTLY FORMATTED FIRST PAGE

FADE IN

INT. AMHERST COLLEGE — A LARGE PARLOR — DAY (1896)

Blinking behind spectacles, A YOUNG MAN raises his hand.

                    YOUNG MAN
          Can't you tell us why? Why she
          never left her house? Why she let
          no one see her?

An audience of robed COLLEGE STUDENTS and prim Yankee
TOWNSPEOPLE sits in rows in the impressive paneled room lined
with book shelves. A large fireplace on one wall warms the
room. The people turn from looking at the student to...

MABEL LOOMIS TODD (44), who makes a pretty picture in her
hand-embroidered dress and dainty hat. But her diminutive
build and features can't mask her glint of ambition. She
flutters her hand with a practiced air.

                    MABLE
          It is certainly the most pressing
          mystery of Amherst these nearly
          three decades. Perhaps of all
          literary history.

The people in the crowd nod and stare, entranced by Mabel.

                    MABLE (CONT'D)
          As someone who shared a great
          intimacy with the poet, I have my
          own, well-informed opinion.

Mabel pauses to let her status sink in with the crowd.

A YOUNG GIRL chews on some gum with rapt attention.

A robed PROFESSOR looks up from the pages of a green book.

                    PROFESSOR
          Dante had his Beatrice. Browning
          had his Elizabeth. So, who...?

                    MABLE
          Ah, and the second great mystery!
          What was her great love story? We
          all know she must have had one.
          No one could write so much of love
          without having felt it first in her
          own heart.

The professor nods gravely.

258

附录四
内页的正确格式

节选自维姬·彼得森的《佐伊与斑马》

过了一会儿

佐伊抓着鸡蛋，可她的内疚感令她无法吞下它们。一只饥肠辘辘的浣熊在附近灌木丛的安全位置看着她。佐伊拿起棍子，把罐头盒从火堆上打了下来。鸡蛋滑落到了土里，随后她离开了火堆。

浣熊狼吞虎咽地吞掉了鸡蛋。

黑莓灌木丛 — 日

佐伊正在采黑莓。每采一颗她就将下一颗挤爆放进嘴里。在听见落叶的**沙沙声**后，她转过身子，看见一只羽毛亮丽的公孔雀消失在了灌木丛中。

佐伊四处看了看。接着，她溜进了灌木丛，跟着孔雀来到一片枝繁叶茂的——

柳树林

孔雀飞到一棵柳树上，停在了枝头。它的尾羽呈弧形，从树上倾泻下来。佐伊缓缓向前，仔细地观察这只美丽的鸟儿。

有什么东西在背后跟着佐伊。

佐伊向前迈了一步，伸出一只手去摸孔雀的羽毛。

佐伊

你在这儿做什么呢？

她的声音吓到了鸟儿。它发出一声尖尖的**哀鸣**。

佐伊往回跳了一步。

佐伊听到背后有**吸气声**，于是转过身子。这时孔雀拍了拍翅膀飞走了。

佐伊和斑马直勾勾地盯着对方。

佐伊定住不动。她和斑马站在那里，彼此之间只有几厘米的距离，完全不知所措。

这匹斑马还没有长大，大概只有一匹矮种马的大小。佐伊惊奇地望着它。

佐伊低头看了一眼。斑马小心地护着自己的右脚，抬起自己的左脚。一条带刺的铁丝刺穿了它的皮肤。

斑马用鼻子蹭了蹭佐伊紧握的拳头。她的拳头里还握着黑莓。

APPENDIX D

CORRECTLY FORMATTED INTERIOR PAGE

From *Zoe and the Zebra* by Vicki Peterson

MOMENTS LATER

Zoe picks at the eggs, but her guilt won't let her eat them.
A hungry raccoon watches from the safety of a nearby bush.
Zoe uses a stick to knock the can off the fire, eggs sliding
into the dirt. She walks off.

The raccoon gobbles the treat.

BLACKBERRY BUSHES — DAY

Zoe collects berries, popping every other one into her mouth,
careful not to touch the poison oak. She hears a RUSTLE of
leaves, and turns to see a peacock, with his beautiful
plumage, disappear under a bush.

Zoe investigates. She wanders into the bushes, following the
peacock into a canopy of-

WILLOWS

The peacock flies into a willow tree and perches there, with
his tail hanging down in an arc. Zoe creeps closer and
studies the beautiful bird.

Behind Zoe, something follows her.

Zoe takes a step closer and reaches a hand out to touch the
plumage.

                         ZOE
          What are you doing out here?

Her voice spooks the bird. It lets out a high-pitched WAIL.

Zoe jumps back.

Zoe hears a SNUFFLE behind her and turns around as the bird
flutters off.

Zoe stands eye to eye with the zebra.

Zoe freezes. She and the zebra stand there, inches from each
other's faces, equally stunned.

The zebra, not yet fully grown, is about the size of a pony.
Its deep, dark eyes match the wonder in Zoe's.

Zoe looks down. The zebra favors its right leg, holding its
left hoof off the ground; a piece of barbed wire pierces
into its skin.

The zebra nuzzles Zoe's closed hand, where she still holds
some berries.

作者简介

维姬·彼得森，美国加利福尼亚州人，编剧，"Catharsis"公司的创始合伙人。"Catharsis"是一家咨询服务公司，为诸多电影制作公司提供剧本咨询、活动演讲、项目研发和编剧服务等工作。维姬的作品有：赫里克娱乐公司出品的《明矾石大道》（*Alum Rock Ave*）的先导片、与肯·斯图尔特（Ken Stewart）共同参与的《战争中的母亲》（*Mother at War*）。她的其他作品还包括各种故事片剧本、电视剧待售剧本、制作公司的剧本重写稿等。她创作的剧本有的获得了电影节大奖，有的进入了奖项的决赛阶段。

维姬与芭芭拉共同创建了第一幕电影公司（Act One）。维姬曾担任该公司的电影电视剧本创作以及制片和娱乐执行课程项目的教学主管。维姬负责课程设置的工作，管理一百五十多名教学员工，他们中有不少人是行业内的顶尖编剧和制片人。她也指导过七百多名从第一幕电影公司毕业的学生，其中有不少人在行业内取得了不俗的成绩。在这之前，维姬曾担任起源娱乐公司和英雄影业的项目研发主管，也在娱乐经纪公司任过职。维姬的职业生涯起步于戏剧圈，曾为托尼奖获奖剧院拉霍亚剧场制作过几部百老汇风格的戏剧。维姬本科毕业于加利福尼亚大学圣地亚哥分校。目前，她正在新罕布什尔艺术学院攻读舞台与电影编剧专业的艺术硕士。维姬还担任了大学的客座讲师。

芭芭拉·尼克罗西，美国罗德岛朴次茅斯人，第一幕电影公司的创始人与名誉主席。第一幕电影公司属于非营利性组织，旨在指导年轻人如何在好莱坞开拓编剧和执行管理的职业道路。芭芭拉同时还是"Catharsis"公司的创始合伙人，并担任了加利福尼亚州马里布保禄会制片公司和加利福尼亚州曼哈顿海滩起源娱乐公司的项目研发主管。芭芭拉也是佩珀代因大学、洛杉矶电影研究中心和阿兹塞太平洋大学的兼职教授。

芭芭拉是美国西部编剧协会的会员，为好几家好莱坞制作公司写过剧本。她最近负责由狮门电影公司发行的影片《玛丽》（*Mary*，2015）的编剧工作。除了为剧院制作过几部获奖的戏剧外，芭芭拉还担任起源娱乐公司的3D纪录片《宇宙的起源》（*Cosmic Origins*，2011）和短片《记忆深处》（*In Memory*，2014）的行政制片人。芭芭拉负责过上百部剧本和影视项目的咨询顾问工作，其中包括电影《耶稣受难记》和电视剧《女法官艾米》、《格蕾丝的救赎》（*Saving Grace*，2007–2010）。

作为一名多次获奖的杂志专栏作家，芭芭拉还是贝克出版公司于2006年出版的图书《幕后故事：好莱坞影人谈信仰、电影和文化》（*Behind the Screen*：*Hollywood Insiders on Faith*，*Film and Culture*）的合作主编。她的博客地址是：churchofthemasses.blogspot.com。